Alois Brandstetter

# Landessäure

Starke Stücke
und schöne Geschichten



Herausgegeben von
Hans-Jürgen Schrader

Philipp Reclam jun. Stuttgart

Universal-Bibliothek Nr. 8335

Gesamtherstellung: Reclam, Ditzingen
Printed in Germany 1987
ISBN 3-15-008335-4

## Leihbücherei

Die Literatur befindet sich in einer Krise. Die Bücherei befindet sich im ersten Stock. Unser Publikum ist treu und gemischt. Die Buchrücken machen ein buntes Bild. Der Herr Bürgermeister läßt mit seiner Familie auch bei uns lesen. Frauen sind lesehungrig. Der Familienroman kommt ihrem Wesen entgegen. Bestseller zirkulieren ununterbrochen. Der Glöckner von Notre Dame ist trotz seines Fußleidens dauernd unterwegs. Auch die drei Musketiere sehen wir in unserem Depot selten. Ein Buch vom obersten Regal zu holen ist abenteuerlich. Thomas Mann geht prächtig, Heinrich ist nicht beliebt. Fratres saepe ingenio impares. Quo Vadis geht auch noch immer. Die Zeit bleibt aber nicht stehen. Wir gehen mit der Zeit. Eine Leihbibliothek, die rastet, rostet. Via mala ist prima. Désirée ist auf Monate hinaus vorbestellt. Anruf genügt nicht. Es gibt auch ausgesprochene Steher und Kleber. Die Früchte des Zorns könnten besser sein. Auch vom alten Mann hatten wir uns Meer versprochen. Mit Krieg und Frieden sind wir sehr zufrieden. Kara ben Nemsi gibt nicht nach. Den Mann ohne Eigenschaften hätten wir wirklich nicht einstellen brauchen.

Die Blechtrommel ist schon ganz abgegriffen. Gut gehende Bücher gehen leider schnell kaputt, schlechte halten sich ewig. Doktor Schiwago binden wir schon das dritte Mal, hält nicht. Ordnung ist alles. Die unbedeutenden Bücher stellen wir ganz hoch hinauf, die großen Erzähler der Weltliteratur stehen ganz unten, das ist praktisch. Rilke ist immer griffbereit. Nobelpreisträger sind am unteren Rücken deutlich gekennzeichnet.

## Stille Größe

Hier meine ich, schöne Anlagen nicht auszubilden, zwar um dieselben zu wissen, jedoch die Einladung, mit den Talenten zu wuchern, ein wenig müde und aus der Entfernung abzuwinken, sei eine feine Sache. Muß man es nicht nachgerade ein wenig grob und dumm finden, wenn einer Knall und Fall auf seine Natur eingeht und das mehr oder weniger Große vollbringt, das sie ihm nahelegt? Und darf man nicht auch fragen, was damit letztlich gewonnen ist?

In einem steckt etwas. Aus jemandem kann noch etwas werden. Einer berechtigt zu den schönsten Hoffnungen. Was aber ist größer, als auf jede Größe und den mit ihr verbundenen unangenehmen Aufwand und alles Aufsehen zu verzichten? Wenn etwas in einem steckt, soll man es da auch gern steckenlassen. Wenn sich jemand selbst gehenläßt, sollen ihn, bitte, auch die anderen gehen lassen. Werden wir dafür nicht mit den wunderbaren Träumen vom Abschied entschädigt? Können wir uns dann darauf nicht etwas zugute halten? Was man erreichen könnte, nicht zu erreichen, nicht erreichen zu wollen, vor dem Ziel mir nichts, dir nichts aufstecken, die Ausbildung aus heiterem Himmel abbrechen, eine Schule, was soll's, verlassen, all dies ist ein prächtiger Stoff zum Drandenken, Zurückerinnern, Nachtrauern. Mit solchen Erinnerungen ist kein Mensch, auch nicht an langen Winterabenden, allein und einsam. Zuletzt in den Zeitungen lesen zu müssen, wie einen dümmere Mitschüler von ehedem im Leben eingeholt und überflügelt haben. Dann auf das nächste Maturatreffen zu warten, wo es einem die Erfolgreichen zeigen und spüren lassen werden. Dazusitzen und als einziger um seinen wahren Wert zu wissen, aber unausgewiesen sein durch Zertifikate, Zeugnisse, Papiere, Unterlagen und Diplome, hineingesetzt in diese Meute strahlend glücklicher Anerkannter. Den kümmerlichen Stolz dieser Reüsseure ertragen zu müssen, all das kostet viel Kraft, aber die Anstrengung lohnt sich und ist auf ihre Weise doch recht wunderbar. Es ist viel Mut in der Wehmut.

Auch das ist süß: Am Fenster zu stehen und zu hören, wie alle Geräusche vom nahen Bahnhof die Abfahrt jenes Zuges ankündigen, mit dem man ursprünglich abreisen wollte, um einen längst nicht mehr besuchten Freund endlich wiederzusehen. Wenn der Freund nunmehr überdies krank ist und mit seinem bevorstehenden Tod gerechnet werden muß, erhöht sich die Schönheit des folgenden Tableaus natürlich. Schließlich also doch nicht abzureisen, wieder einmal abgesagt zu haben. Da pfeift es. Ein erster Ruck schüttelt den Zug, die Lokomotive faßt nach, der Zug kommt in Bewegung. Jetzt dazustehen, am Abend, am offenen Fenster, den linden Schmerz des Verzichts auf dem Gemüt zu wiegen, sich das bekümmerte, kopfschüttelnde Seufzen des Freundes über die achsovielte Absage ins Bewußtsein zu rufen, auf den enteilenden Zug zu hören und immer wieder vor sich hinzusagen diesen herrlichsten aller herrlichen Sätze: Ach, wer da mitreisen könnte!

Hohe Stellungen, wichtige Dienste, Ehren, Auszeichnungen, eine Aufgabe, eine Mission, ein Auftrag, eine Verpflichtung, ein Amt, Ansehen, all das ist gut, oh doch, es ist gut. Aber besser und wundersamer ist es, zurückzutreten, zu demissionieren, dankend abzulehnen, zu kündigen, aufzugeben, Platz zu machen, von der Bühne abzutreten, sich von seinem Publikum zu verabschieden. Das erstere ist erstrebenswert, vor allem um des letzteren willen.

Neapel sehen und sterben? Neapel nicht gesehen haben und sterben!

Oh, eine törichte Jungfrau zu sein, die den Bräutigam verschläft!

Man muß einige Zeit lang ernst und streng sparen, um schließlich alles Geld unter Arme und schmutzige Obdachlose schmeißen zu können. Einfach hinzuschmeißen und die Gewißheit zu haben, daß sich nunmehr viele verkommene Subjekte einige Zeit lang stark betrinken werden. Nur durch diese sinnlose Verschwendung an sinnlose Menschen kann man die bittere Säure aus dem sauer verdienten Geld austreiben. Dann ist es nicht mehr mit Schweiß getränkt, sondern duftig und luftig. (Und es stinkt nicht mehr.)

Bitte Verständnis und Nachsicht für den Sohn, der mit dem Nachlaß des Vaters ein wenig nachlässig umgeht.

Überhaupt immer hinten sein, sich hinten anstellen, sich nicht vordrängen, sich treiben lassen, zu spät kommen, nachbeten, das Vorempfundene nachempfinden, wiederkäuen, säumig sein, dauernd müde und erschöpft sein. Später nachtrauern, Selbstmitleid haben, Erinnerungen nachhängen. Auch ein wenig verloren wirken, den Eindruck erzeugen, als hätte man das Schießpulver nicht erfunden, als sei man nicht von heute, sondern ewig gestrig, als habe man die Weisheit nicht mit dem Löffel gegessen. Sich einiges gefallen lassen, anderer Leute Diener sein. Oder der Braut die Schleppe tragen. Nach historischem Vorbild das Badewasser jener Frau, die sich von einem für angebetet hält, austrinken. Sich unter dem Pantoffel wohl fühlen. Sich entmündigen lassen. Willkürlich und unwillkürlich viel von Jakob von Gunten annehmen. Auch als Herrenreiter ein wenig nachzudenken.

Doch dann freilich weit hinter sich selbst und die Leute zurückzutreten, ganz ruhig außer sich sein, zu sich selbst und seiner Umwelt auf Distanz gehen, sich mit sich selbst, Gott und der Welt nicht gemein machen. Pauli Nolite conformari huic saeculo beherzigen. Ganz unberührt sein. Vielleicht eine putzige Geste der Beiläufigkeit anbringen. Sich nicht aus dem Haus locken lassen.

Ich möchte drei Wünsche frei haben und mir dann nichts wünschen. Auf diese Weise könnte ich jedes Märchen durcheinanderbringen.

Überhaupt was Originalität betrifft: Ein Chinese, darf sich dieser nicht glücklich in die Ehre seiner chinesischen Nationalität mit Millionen und Abermillionen anderer Chinesen teilen? Da ist der Chinese nicht gut beraten, wenn er nach Amerika auswandert und in irgendeiner kleinen Stadt des Mittelwestens ein spezieller Mensch wird.

Schade, daß die österreichische China-Mission stagniert und daß es den österreichischen Missionaren nicht gelungen ist, die Konversion dieser unzähligen heidnischen bis abergläubischen Menschen zur alleinseligmachenden Kirche herbeizuführen.

Wir sollten uns unsere bürgerliche Gesellschaft noch ein wenig bewahren. Brächten wir uns andernfalls nicht auch um die feine Freude des Protestes. Wer rechts steht, möge doch

bitte da noch ein wenig bleiben. Links ist sowieso schon ein sehr starkes Gedränge. Namentlich den Literaten kann man den Vorwurf der Einseitigkeit nicht ganz ersparen. Bitte Platz zu machen.
Damit einer Individualist sein kann, dafür bedarf's freilich einer großen einfältigen Masse. Mindestens 1000 Leute werden für einen Besonderen benötigt.
Schau, da ragt einer heraus, da überragt einer alle übrigen, da sticht einer ab und hebt sich ab, und hebt sich und hebt sich und überhebt sich –, fällt, stürzt, purzelt, überschlägt sich. Mein Gott, war das aufregend.

## Gewissenserforschung

Welcher Art waren meine Handlungen? Darf ich mich ihrer vor Gott freuen? War Gottes Ehre und Wohlgefallen oder vielmehr Selbstsucht und Eigennutz die Triebfeder meiner Bemühungen? War ich dankbar und bescheiden bei glücklichen Ereignissen? War ich gehorsam gegen meine Vorgesetzten? War ich freundlich und herablassend gegen meine Untergebenen? Habe ich mich besonders vor jenen Fehlern gehütet, zu welchen ich am meisten geneigt bin? Sind mir meine Fehler und Vernachlässigungen aufrichtig leid? Haben sich keine sinnlichen Lüste und Begierden in mir geregt? Und wie wehrte ich dieselben ab? Verschloß ich sogleich Augen, Ohren und Herz den Reizungen der Sünde? Führte ich aufreizende und aufpeitschende Reden? Habe ich Unkeusches gedacht, geredet und begehrt? Bin ich auch zur Tat geschritten?
Wann, warum, wo, wie oft, weshalb, allein oder mit anderen, vorher oder nachher, weswegen und wozu, wer, wessen, wem, wen oder was, auf welche Weise, zu welcher Zeit, an welchem Orte, aus welchem Grunde, mit oder ohne Widerstand, mit oder ohne Stoßgebet, vorsätzlich, wissend, einsichtig?

Im Bett, im Rausch, im Stehen, im Vorbeigehen, im Bewußtsein der Schuld, im Auto, im Galopp, im Klosett, im Sinne des Strafgesetzbuches, im Sinne des Uhrzeigers, im Bordell, im Heu, im Stil der zwanziger Jahre, in der Uniform eines Kürassiers, in Liebe, im Schongang, im schulpflichtigen Alter, im Krieg?
Während der Religionsstunde, während der Schwangerschaft, während anderswo Menschen an Hunger sterben, während des Rauchens, während sich viele enthalten, während der Wirtschaftskrise, während des Kartoffelschälens, während sie weint, während der Mann an der Front sein Leben einsetzt?
Mit ruhigem Gewissen, mit Witz, mit Hilfe der 69, mit London, mit einem Gebet auf den Lippen, mit Strumpf, mit Anstand, mit der spanischen Fliege, mit der eigenen Frau, mit Rausziehen, mit Kurt seiner, mit vollem Rohr, mit der Mutter, mit einem Affenzahn, mit Stumpf und Stiel, mit Abhängigen, mit Vorgesetzten, mit Geschlechtskrankheiten, mit Nichten?
Nach den kritischen Tagen, nach allen Regeln der Kunst, nach dem Essen, nach Ansicht unserer Ärzte, nach Knaus-Ogino, nach reichlichem Genuß von Alkohol, nach dem Vorspiel, nach dem Ehemann, nach dem entsetzlichen Mord, nach und nach, nach Ostern, nach dem Kindergeburtstag, nach Vorschrift?
Im Ablativ? Auch im Dativ? Ohne Rücksicht auf den Konjunktiv, Optativ, Subjunktiv, Konditionalis, Indikativ, Impotentialis? Adverbial? Präpositional, pronominal, attributiv?
Trotz Adversativ?
Ohne zu erröten, ohne die Augen zu öffnen, ohne Umstände, ohne Ansehen der Person, ohne Hast, ohne Rücksicht auf Verluste, ohne mit einer Wimper zu zucken, ohne Pille, ohne alles, ohne mich, ohne Frau?
Unter Umständen, unter der Würde des Mannes, unter Absingen schmutziger Lieder, unter der Achsel, unter Freunden, unter dem Bett, unter Drohungen, unter uns, unter und

über, unter Kindern, unter anderem, unter Hitler, unter dem schützenden Mantel der Nacht, unter der deutschen Eiche, unter der Reizschwelle, unter Schmerzen, unter Androhung der Hölle, unter Anleitung?
Aus Langeweile, aus der Apotheke, aus der Tiefe heraus, aus Jux, aus Beton, aus dem Automaten, aus dem Schneider, aus der Heiligen Schrift, aus dem Effeff, aus Paris, aus Kruppstahl, aus Ekel, aus Leder, aus Spaß an der Freude, aus Vorsicht, aus der Lamain?
Mit einem Verbum auf mi? Passiv, aktiv oder medial? Im Singular, Dual oder im Plural? Mit oder ohne Konjunktion? Heimlich oder unter Interjektionen? Lokativ? Partizipal, Gerundivisch? Auch ein Supinum benützt?
Am Feste der Unschuldigen Kinder, am Landwehrplatz, an Hand des Kinsey-Reports, an deiner Stelle, am Muttertag, am Strand, am lebendigen Leib, an den Brustwarzen, am Leitbild des Kamasutra, an den unfruchtbaren Tagen, am Beispiel der heiligen Cäcilia, am Spülstein?
Zwischen den Beinen, zwischen Tür und Angel, zwischen den Zähnen, zwischen Sack und Hoden, zwischen Scylla und Charybdis, zwischen den eigenen vier Wänden, zwischen den Brüsten, zwischen Ouvertüre und Oper, zwischen Pest und Cholera, zwischen Peter und Paul, zwischen Ebbe und Flut?
Habe ich die Kongruenz beachtet? Wie stand es seit meiner letzten Beichte mit der Consecutio temporum? War das Prädikat am Ende? Bin ich dem Dativ des Interesses aus Bequemlichkeit ausgewichen? Wie habe ich es mit dem ACI gehalten? Was habe ich dekliniert?
Wie die Steinesel, wie die Alten sungen, wie neulich, wie Casanova so schön sagt, wie verrückt, wie du mir, so ich dir, wie weiland der Marquis de Sade, wie eine Jungfrau, wie bekanntgeworden ist, wie bei den Indianern, wie beim Melken, wie ein Wiesel, wie schön, wie mit Todesverachtung, wie der Turm Davids, wie schon so oft, wie gewöhnlich, wie immer?
Ab, ex, de, cum, sine, pro, prae, in, sub, secundum, adver-

sus, erga, contra, intra, extra, infra, supra, citra, ultra, cis, trans, ad, apud, prope, penes, per, circum, iuxta, inter, praeter, ante, post, ob, propter?
Zum erstenmal, zum hundertstenmal, zum Teufel noch einmal, zum Vergnügen, zum Entsetzen der Zirkusbesucher, zu Weihnachten, zu Lasten des Briefträgers, zu unserem Bedauern, zu Beethovens Neunter, zu Sigmund Freuds Zeiten, zum heiligen Aloisius, zum halben Preis, zum Hals heraus, zum Arsch hinein, zu Tode?
piget, pudet, paenitet, taedet atque miseret, begierig, kundig, eingedenk, teilhaftig, mächtig, voll?

## Gerücht, oder: Anrufung des 18-Uhr-Autobusses

O du 18-Uhr-Autobus, enthaltend mehr an Menschen, als die Fahrverordnung zu Häupten des Fahrers erlaubet, an die 80. O ihr 80 Geruchsträger, Schwitzende allesamt.
Ihr Säuerlichen
Ihr Süßlichen
Ihr Sauersüßlichen
Ihr Süßlichsauren
Ihr gallig Bitteren
Ihr Achselhitzer
Ihr heißblütigen Schweißfüßler
Ihr Unterhosenzuwechselnversäumthabenden
Ihr Nylonhemdenaufderbloßenhauttragenden
Ihr mit dem kalten Schweiß und ihr mit dem heißen
Ihr Nebenerwerbslandwirte
Ihr Züchter der Eisenbahnerkuh
Ihr vielerlei zoologische Steckenpferde Reitenden
O du liebe Schuhverkäuferin mit dem preisgünstigen Parfum
O du Fracht Koriander
O du Fracht Fenichel
O du Fracht Kümmel

O du fahrender Zirkus
O ihr offenen Poren
O du nicht verzehrter Limburger in der Tasche des Nachbarn
O du toter Vogel in seinem Sack
O du treibendes Zwiebelgericht der Kantine
O Freund von der städtischen Müllabfuhr
O Genosse von Schumanns Grubendienst in der Schillerstraße
Ihr prächtigen Blumen der Darmflora
Du reinigendes Sauerkraut
O ihr schleichenden und schlagenden Wetter
O ihr Winde vor und hinter der Schleuse
O ehrwürdige Käsekultur der Alpenländer von der Römerzeit her
O du Knoblauchtradition des Balkans, die du dir auch im Kernland der Monarchie Eingang und Gehör verschafft
Sanctum excrementum stimulans
Ihr toten Schmeißfliegen im Gepäcksnetz
O du fahrbare Latrine im subtropischen Klima
Tümpel
Ihr Wellen schlagenden Mägen
Ihr rauchenden hohlen Zähne
Tropfender Hahn eines Alten
O du regelmäßiges Blut
Cloaca maxima mobilis
Höre mich, Autobus, dein Prophet spricht zu dir:
Inter faeces et urinas nascimur.

## Einläßliche Beschreibung der Maulschelle

Eine Maulschelle nannten unsere Vorfahren dasjenige, was wir modernen Menschen mit dem Worte Ohrfeige zu bezeichnen uns angewöhnt haben.
Wer eine Maulschelle empfing, war ein Bube, ein Rabenaas, ein nichtsnutziger Schelm, ein Galgenstrick, ein vermaledei-

ter Schalk, ein Teufelsfraß, ein Grillenfänger, ein Tunirgendsgut, ein Binnichthier, ein Siebenschläfer (sofern es sich um ein Kind männlichen Geschlechtes handelte). Mädchen, die sich Maulschellen verdienten (eine mildere Art derselben übrigens), waren Lutschliesen, Schmollmäuler, Traumtaschen, Schlafmiezen (und was dergleichen mehr ist).
Der Knabe, welcher sich eine Maulschelle zuzog, trug einen Matrosenanzug, hatte eine schlechte Haltung und selten eine Brille, woran man den Fleißigen erkannte. Er zeigte schon im zarten Kindesalter durch ein Zucken um die Mundwinkel Anzeichen von Verschlagenheit und Spottsucht, welche sich mit fortschreitendem Alter zu bedrohlicher Größe auswachsen würden. Er hatte es faustdick hinter den Ohren, so daß diese steil abstanden. Er nahm sich an keinem ein Vorbild.
Er nahm sich nicht zusammen.
Er nahm sich sehr viel heraus.
Er gab sich keine Mühe.
Er gab dauernd ein Ärgernis.
Er gab seinen Mitschülern oft Maulschellen.
Er gab, wenn er gefragt wurde, keinen Ton von sich.
Er gab seinen Erziehern manches Rätsel auf.
Er gab entsetzlich an.
Er gab sich keinen Stoß.
Er ging nicht in die Kirche.
Er ging Jüngeren nie mit gutem Beispiel voran.
Er ging jeder Anstrengung aus dem Weg.
Er ging nie aus sich heraus.
Er ging nicht in sich.
Er ließ sich gehen.
Er konnte nicht still sitzen.
Er konnte einen zur Weißglut bringen.
Er konnte sich nicht beherrschen.
Er konnte mit den Wahrwörtern nichts anfangen.
Er konnte sich in keinem Punkte mit seinem Bruder vergleichen.
Er konnte kein Instrument spielen.
Er konnte einem leid tun.

Diejenigen, welche Maulschellen austeilten, waren Respektspersonen. Hierzu zählten in der Ausdrucksweise unserer Vorvorderen Lehrer, Handwerksmeister, hochwürdige Herren, Herren überhaupt sowie Herrschaften jeglicher Art, insgesamt sehr vorgesetzte Personen.
Wer eine Maulschelle verabreichte, trug einen schwarzen Anzug, der an Ellbogen und Knien leicht ausgebeult war und daselbst ein wenig glänzte. Er trug Verantwortung. Er trug Hosenträger. Er besaß Ämter und Würden.
Er stand ratlos vor so viel Verstocktheit. Er war in Ähren ergraut.
Er war entrüstet über diesen Abgrund an Unbotmäßigkeit.
Er hatte mehr als gute Gründe für seine Maulschälle.
Er hatte in seiner Jugend nie eine Maulschälle empfangen müssen.
Er hatte auch nicht nur Glück in seinem Leben gehabt.
Er hatte früh seine Ältern verloren und für seine Geschwister sorgen müssen.
Er hatte bereits mit zwölf Jahren seinen Homer geläsen.
Er hat es sich nicht leucht gemacht.
Er hätte sich geschämt.
Er hätte sich so etwas nicht einmal im Traume einfallen lassen.
Er hätte sich zusammengerissen.
Er hätte sich am Riemen gerissen.
Er hätte sich eine Maulschälle zu Härzen genommen.

## Zechen

Früher spielten im Leben der Innviertler die sogenannten Zechen eine wichtige Rolle. Es handelte sich bei den Zechen um Vereinigungen junger, heiratsfähiger Männer nach Art alter Blutsbruderschaften, Schutz- und Trutzbünden, deren Mitglieder einander durch Abstammung oder Ausübung desselben Berufes nahestanden, und die sich darüber hinaus durch einen Treueschwur fest zusammenschlossen.

Die Zechen traten vor allem auf Festen in Erscheinung, deren Verlauf sie in ihrer Art gestalteten. Es genügte, wenn ein Angehöriger einer fremden Zeche einem Einheimischen ein unrechtes Wort sagte, oder auch nur ein Mädchen, über das eine andere Zeche die Hand hielt, um den Tanz bat, daß die Ehre der einen Zeche als verletzt galt und nach Genugtuung verlangte. Was dann zu geschehen pflegte, beschäftigte jahrein, jahraus die Bezirksgerichte von Ried im Innkreis, Braunau und Schärding. Wegen der Häufigkeit entsprechender Schlägereien und Händel warteten die Richter nicht selten die Rache einer unterlegenen Zeche auf dem nächsten Kirchweihfest ab, um mehrere Einzelaktionen zusammenfassen und im Zusammenhang verhandeln zu können. Waren die Urteile schließlich gesprochen, setzten die streitenden Parteien ihren Kampf oft gleich auf der Straße vor dem Gerichtsgebäude fort oder begannen ihn aufs neue, vor den Augen der Justiz. Von einem abgeschlossenen Verfahren oder einem beigelegten Streit konnte man unter diesen Umständen kaum sprechen. Vielmehr liefen Kampf und Rechtsprechung nebeneinander her, wobei wechselweise eins das andere hervorrief und weitertrieb.
Die Zechen kämpften im freien Stil miteinander. Es gab keine Konventionen, was das Arsenal der benützten Waffen betraf, wenn sich auch einzelne Zechen auf den Gebrauch bestimmter Instrumente und Praktiken spezialisiert hatten. So waren beispielsweise die Brüder der Zeche von Kopfing für den geschickten Umgang mit dem Krückerl, dem Kurzgeweih junger Rehe, bekannt und gefürchtet. Ihre Opfer sahen besonders übel aus. Bei anderen Zechen wieder stand das Schnappmesser, Veitel genannt, in Ansehen. Auch Schlagringe, ja selbst Dolche und Krummsäbel fanden Verwendung. Einige dieser Geräte konnten auf eine lange Tradition zurückblicken und spielten bereits im Dreißigjährigen Krieg und in den Bauernkriegen eine Rolle im Brauchtum des Landes. Wenn der Kampf dem Höhepunkt zustrebte, wurde in der Regel alles eingesetzt, was gerade greifbar war, auch Geschirr, Bratpfannen, ausgehängte Fenster, abgeschlagene

Henkel von Bierkrügen, der Handlauf des Stiegengeländers, Ofenrohre, Stuhlbeine, die Instrumente der Musikkapelle, Lampenschirme und Kruzifixe.
Ähnlich wie die Fehden der germanischen Männerbünde hatten auch die Schlägereien der Innviertler Zechen sakralen Charakter. Das fand nicht zuletzt seinen Ausdruck darin, daß die Tätlichkeiten von Flüchen und Verwünschungen der Kontrahenten sowie von Seufzern und Stoßgebeten der zusehenden Mädchen begleitet wurden. Immer wieder wurden Jesus, Maria, Joseph und alle Heiligen angerufen, zwischendrein auch die Namen der im Kampf Liegenden. Wer jemals Zeuge dieser herzhaften bajuwarischen Liturgie war, der weiß, was die Theologen meinen, wenn sie von einer leidenden, einer streitenden und einer triumphierenden Kirche sprechen.
Bis hin zum Zweiten Weltkrieg gestalteten die Zechen das gesellschaftliche Leben des Innviertels. Damals übertrug ein Sohn dieses Landes ihren Stil auf die hohe Politik, womit er kein geringes Aufsehen in der Welt erregte.

## Katzenpuffer

Der Katzenpuffer zieht über Land. In manchen Jahren zweimal, öfter auch nur einmal, immer aber im Herbst kommt er, um da und dort nach dem Rechten zu sehen. Wird er im Dorf bemerkt, sammeln aufgeregte Mütter ihre verständnislos fragenden Kinder ein, verstecken sie oder schicken sie weg. Sie sollen nicht Zeugen dessen werden, was jetzt geschieht.
Der Katzenpuffer bringt Ordnung ins Haus. Vor allem nimmt er sich der Katzen an, entfernt und beseitigt, im Handumdrehen und ohne viel Federlesens (diskret).
Gerade die Katzen sind ja maßlos im Geschlechtlichen. Die Weibchen sind die Huren unter den Haustieren, rettungslos nymphoman, die Kater aber Satyre und Satyriasten, Böcke, immer am Jaulen und Springen. Nur die Schmerzen, die sie

leiden (wie ihr Geheul zeigt), mögen sie entschuldigen. Die konsequente Folge stellt sich jährlich zweimal in starken Frühjahrs- und Herbstwürfen ein, die kein auch noch so großer Bauernhof auf die Dauer verkraften kann. Da erfüllt der Katzenpuffer seine Aufgabe. Namentlich die Herbstkätzchen, die das Stadium der Triefäugigkeit vor Einbruch des Winters nicht hinter sich bringen können, und darum sowieso wenig Überlebenschancen haben, gehören ihm. Jedoch auch auf alte Katzen, die das Mausen nur noch vom Hörensagen kennen, sowie auf junges Gesindel, das es offenbar erst gar nicht lernen will, fällt der scharfe, schielende Blick des Zuchtmeisters. Die Devise des Katzenpuffers heißt, wer nicht arbeiten will, soll auch nicht fressen. Und er hilft denen, die nichts mehr vom Leben haben. Er hilft ihnen weiter.

Betritt er das Haus, bedarf es nicht vieler Worte, die Verhältnisse sind ihm bekannt, schon im letzten Jahr war ihm klar, was ihn heuer hier erwarten würde. Er weiß die Plätze, wo sich die Tiere aufhalten, er kennt die Schliche, wie man sie lockt und fängt. Die eigentliche Exekution, bei der er sich nicht zuschauen läßt und bei der auch niemand zuschauen möchte, geschieht in der Regel auf der sogenannten Gred (von lat. gradus), einer Art Gehsteig entlang der Stallmauer im Innenhof. Neben ihrer sexuellen Unmäßigkeit zeichnet die Katzen bekanntlich ein überaus zähes Leben aus. Wie von den Schlangen heißt es auch von ihnen, daß sie letztlich erst sterben können, wenn die Sonne untergeht, neun Leben hat die Katze. Was so schwer stirbt, bedarf einer geschickten und zugleich energischen Hand. Der Katzenpuffer ist kein Sadist, nur wenn ihn etwas ärgert, wenn sich ein Todeskandidat besonders widerborstig anstellt, kann er böse werden und auch schon einmal etwas tun, was nicht unbedingt sein müßte. Die Tötungsarten sind im übrigen von Katzenpuffer zu Katzenpuffer verschieden, in einen Sack einbinden, mit den Händen den Schädel suchen und zertrümmern, halten aber die meisten nach wie vor immer noch für das Praktischste. Daher auch der Name Puffer. Händisch sind die Katzen-

puffer ungemein flink. Sie wissen um den sogenannten Vorteil (den besonderen Griff), der, wie das Sprichwort sagt, das Handwerk treibt.
Die Älteren wollen wissen, daß sich die Katzenpuffer zur Zeit unserer Altvorderen nicht auf Tiere beschränkten. Damals, als die Geburts- und Sterbebücher noch nicht so akkurat geführt wurden wie jetzt. Noch heute bekreuzigt sich die Bäuerin, wenn sie den Katzenpuffer vom Prägarten her ins Vorhaus treten sieht. Gott sei bei uns, sagt sie.
Bereits äußerlich unterscheidet sich der Katzenpuffer von allen übrigen vazierenden Handwerkern und Dienstleistenden, dem Störschneider, Gottscheeberer, Quartierer, Wasenmeister, dem Germ- und dem Wagenschmieremann. Ein hoher Grad an Verwahrlosung in Kleidung und Haltung kennzeichnet ihn. Er hat die lederne und grindige Haut von Leuten, die Katzen- und Hundeschmalz auf dem Brot essen, und verwitterte, gelbe Augen, wie sie leberkranke Rumtrinker auszeichnen. Haare (sofern vorhanden) wirr. Schuhwerk abgerissen, in der Regel leicht, Sandalen oder abgeschnittene und durchlöcherte Gummistiefel, manchmal auch ausgediente Salonschuhe. Über der Schulter trägt er einen Sack, in dem er die brauchbaren Kadaver nach Hause mitnimmt.

Adolf Hitler hatte bereits vor dem Ersten Weltkrieg in Wien den Plan für ein mobiles Reichsorchester ausgearbeitet, mit dem er endlich Musik unter die Leute und auch auf die Dörfer zu bringen gedachte (namentlich seinen geliebten Wagner), als er zu seinem Freund August Kubizek sagte: Gustl, mir gehn heute die Katzen inspizieren. Er schickte sich an, ein leidiges Problem und ein schlimmes Ärgernis im Sündenbabel Wien, das seiner aufrechten oberösterreichischen Seele schwer zu schaffen machte und zuwider war, zu studieren, um im Anschluß daran einen umfassenden Sanierungsplan zu entwerfen. Den Ring des Nibelungen noch im Ohr, eilten Adolf und August diesmal nicht schnellen Schrittes ihrem Zimmer in der Stumpergasse zu (um wie sonst das unvermeidliche »Sperrsechserl« zu sparen), sondern bogen in die

Siebensterngasse ein. Einmal, sagte Adolf zu August, müssen wir uns ja den Pfuhl der Laster anschauen. Das anschließende Sperrsechserl war übrigens die einzige Ausgabe dieser Art, die Hitler in seinem langen Leben in solche Individuen investierte. Was er hier an Unmoral erlebte, aus Fenstern hängende (nackte) Brüste, entblößte Schenkel, eindeutige Gesten und was dergleichen mehr ist, empörte ihn zutiefst. Aufrecht, mehr im Stechschritt als in ziviler Gangart die Prostituierten passierend, machte er seiner Empörung gleich an Ort und Stelle Luft, indem er mit kräftigen Ausdrücken auf den zoologischen Charakter des Ganzen anspielte, was ihm jedoch von einem der Mädchen die spöttische Bemerkung einbrachte, er möge zur Mutti heimgehen, er wäre wohl noch braun am Arsche. Er ignorierte es und sagte zu seinem unscheinbar neben ihm einhergehenden August: Wie die Tiere, Gustl, wie die Tiere. Da hilft nur noch der Katzenpuffer. Ein Katzenpuffer muß her.
Heimgekehrt in die Stumpergasse, hat sich Adolf Hitler noch in derselben Nacht einen detaillierten Plan zur Bekämpfung dieses und vieler anderer ähnlich gelagerter Übelstände ausgedacht. Gleich am folgenden Morgen trug er ihn seinem Freunde vor. Kubizek konnte damals nicht ahnen, daß sein lieber Adolf einmal der größte Katzenpuffer aller Zeiten werden sollte.

## Weltkriege

Den Ersten Weltkrieg, sagt Großvater, kann man mit dem Zweiten Weltkrieg gar nicht vergleichen. Im Zweiten Weltkrieg ging nämlich alles maschinell, während im Ersten Weltkrieg noch sehr viel mit der Hand und mit den Pferden gemacht werden mußte. Der Erste Weltkrieg hat sich weitgehend zu Fuß abgespielt. Nur wenn man in einem Auto oder auf einem Motorrad sitzt, spielen Senkfüße keine Rolle.
Auch die Kameradschaft war im Ersten Weltkrieg eine andere

als im Zweiten Weltkrieg, und zu Weihnachten 1915, als ihnen an der italienischen Front ein Pferd erfroren ist, haben mit Ausnahme eines gewissen Thomas Raffreider, eines Fleischhauergesellen aus St. Veit an der Glan, alle geweint. Keiner hat sich geschämt, weil es ergreifend war. Weihnachten an der Front ist das Schönste, was es überhaupt auf der Welt gibt. Im Frieden ist es leider ganz anders, weil es zu viele Geschenke gibt, sagt Großvater, jedoch keine Kameradschaft. Wenn man aber nicht weiß, ob man noch lange auf dieser Welt und am Leben ist, feiert man das Fest des Friedens ganz anders. Es ist sehr schön, wenn man sich, wie der Großvater, in der Stellung S auf der Marmolata befindet und mit den Kameraden stille Nacht und heilige Nacht singt und es ist ein Ros entsprungen. Draußen geht ein wilder Sturm, und es ist finster und unheimlich, wodurch es im Schneebunker warm und friedlich ist. Die Soldaten denken an daheim und an die Frau und die Kinder (wenn sie welche haben), die gerade den Christbaum entzünden und an den Vater an der Front denken und recht traurig sind, weil er nicht bei ihnen ist, sondern an der Front, so daß sie ihn entbehren müssen. Es ist sehr erhebend, wenn man weiß, daß jemand an dich denkt, sagt Großvater, und im Ersten Weltkrieg hat man dieses Gefühl immer gehabt, jedoch am stärksten zu Weihnachten. Die Kriegsweihnachten sind allen in unvergeßlicher Erinnerung. Auch die Pferde haben gespürt, daß Christus der Heiland auf die Welt gekommen ist, obwohl sie zur unvernünftigen Kreatur gezählt werden müssen. Sie sind dagestanden und haben den Kopf gesenkt. Da haben die Soldaten gewußt, was sie sagen wollen. Nur im Krieg ist der Frieden wirklich schön.

Die Luft auf der Marmolata war aber sehr dünn, weil die Berge hoch sind, und viele haben Nasenbluten bekommen. Nasenbluten und Fußschäden lassen sich vergleichen, sagt Großvater.

Ein Krieg ist aber im Rosengarten schöner als in der Tiefebene. Jeden Abend im Sommer ist das Alpenglühen, das sich nicht um den Krieg kümmert. Im Krieg erlebt man das Al-

penglühen aber stärker als im Frieden, weil man nicht weiß, wie oft man es noch erlebt. Das ganze Firmament ist blutrot. Das paßt sehr gut zum Kriegshandwerk, wo es auch nicht immer fein hergeht. Die Italiener haben nämlich oft eine Offensive angekündigt, obwohl der Respekt vor den italienischen Soldaten nicht sehr groß war, weil sie auch Katzelmacher genannt wurden und sehr verlaust waren, indem sie schwarze Haare hatten und viel zu viele Kinder, so daß sie zu Hause die Not erlitten haben. Wurde jedoch ein Italiener erschossen, hat er dem Großvater aber auch leid getan, weil es sich bei einem Italiener fast immer um einen Familienvater handelt.
Die Junggesellen haben zu Weihnachten aber nicht an ihre Frau und ihre Kinder denken können, sondern an ihre Mutter. Die Junggesellen fühlen sich oft sehr zu ihrer Mutter hingezogen. Einige von ihnen haben noch im Tod vergebens nach ihrer Mutter gerufen. Sobald sie aber eine Frau haben, denken sie an dieselbe, und an ihre Kinder (sofern dieselbe schon welche geboren hat). Im Krieg kommen aber bekanntlich nicht so viele Kinder auf die Welt. Großvater sagt, das hängt mit dem Urlaub zusammen, den man aber nicht immer bekommt, wenn man gerade möchte, und starke Lust hätte, jedoch einen steifen Korporal, welcher die Situation an der Front im Auge hat und an seinen Kaiser denkt, während der gemeine Soldat dauernd nur noch an seine Frau denken kann. Der Krieg hat schon manche Empfängnis verhütet. Einmal hat der Briefträger aber einem Soldaten, einem gewissen Josef Leitner aus St. Thomas am Blasenstein, ein Telegramm an die Front gebracht, worin geschrieben gestanden ist, daß seine Frau das erwartete Kind erhalten hat. Da haben alle zu schießen aufgehört und dem Kameraden zum freudigen Ereignis gratuliert und die Hand geschüttelt. Der Feldkurat hat sich gewünscht, daß der neue Erdenbürger ein anständiger Mensch und ein braver Soldat für den Kaiser werden möge. Der Kamerad hat aber gesagt, sie sollen sich nicht über ihn lustig machen, weil damals die Offensive war und von einem Urlaub gar keine Rede. Das war allen ein wenig unangenehm

und sie haben wieder weitergeschossen, weil die Italiener auch keine Pause gemacht haben.
Großvater sagt, daß sein Gedächtnis leider schon sehr schlecht ist. Die toten Kameraden kann er aber trotzdem nicht vergessen. Er erinnert sich gern an die toten Kameraden, sagt Großvater. Es ist sehr schade, daß sie den Frieden leider nicht mehr erleben durften. Es war aber leider ein Schandfrieden. Leider haben wir den Krieg nicht gewonnen, so daß die Opfer leider umsonst gewesen sind, genaugenommen.
Einmal hat sich aber ein Pferd vor einen Soldaten gestellt, den die Italiener von der anderen Seite herüber erschießen wollten. Da hat einer gesagt, daß der Bräunl eigentlich einen Verdienstorden kriegen müßte, was aber nicht sein kann, weil er leider tot ist, und auch wenn er noch am Leben wäre, wäre er leider nur ein Pferd, für welches der Kaiser keine Orden vorgesehen hat. Ein Pferd ist jedoch oft treuer als ein Mensch, sagt Großvater, und namentlich im Krieg. Im Krieg weiß man, was man an einem Pferd hat. Zwischen einem Pferd im Krieg und einem Pferd im Frieden ist ein himmelweiter Unterschied. Ein Pferd und ein Kraftfahrzeug sind aber gänzlich zwei Paar Stiefel. Sie unterscheiden sich genauso wie der Erste Weltkrieg vom Zweiten Weltkrieg.
Es kann schon sein, sagt Großvater, daß es auch im Zweiten Weltkrieg zu Weihnachten oft schön war, wie Vater sagt. In Rußland kann er sich das schon vorstellen, weil die Winter dort empfindlich streng sind und die Luft ist klar, daß einem schier der Atem friert. Letztlich kann man aber den Zweiten Weltkrieg mit dem Ersten nicht vergleichen. Darüber sind sich auch alle Veteranen einig.

## Der 1. Neger meines Lebens

1945 sah ich den 1. Neger meines Lebens. Der 1. Neger meines Lebens saß auf einem der Panzer, die an meinem Elternhaus vorbeifuhren.

Wir hatten ziemliche Angst, als der 1. Neger vor unserem Stubenfenster auftauchte. Vater sagte aber, daß wir keine Angst haben müssen. Vater sagte, daß die Neger auch Menschen sind, nur daß sie leider Neger sind. Immer mehr Neger tauchten vor unserem Stubenfenster auf. Ich konnte noch gar nicht so weit zählen. Vater sagte immer wieder, daß wir keine Angst haben brauchen, weil die Neger eigentlich auch Menschen sind. Vater sagte, daß die Neger gewissermaßen auch Menschen sind. Vater sagte, daß die Neger sozusagen auch Menschen sind. Vater sagte, daß die Neger in gewissem Sinne auch Menschen sind. Vater sagte, daß wir keine Angst haben brauchen, weil die Neger Menschen wie wir sind, nur daß wir Gott sei Dank keine Neger sind, während die Neger bedauerlicherweise Neger sein müssen. Die Neger sind nun einmal Neger, sagte Vater. Aber die Missionäre haben schon viele Neger bekehrt, sagte Vater, und wir tragen dazu unser Scherflein bei, sagte Vater. Er hat selbst einmal gelesen, sagte Vater, wie ein Missionär geschrieben hat, daß viele Neger eine ganz weiße Seele haben. Obwohl kein einziger Neger mit so einer weißen Seele vor unserem Stubenfenster auftauchte, leuchtete es mir doch gleich ein, daß sich mit diesem Bekehren, wie es Vater nannte, oder sonst irgendwie manches an der schwarzen Farbe machen ließe.
Einige Tage nach dem Einmarsch der Amerikaner sagte Vater beim Mittagessen, daß ein Neger der Nachbarin etwas ganz Böses angetan hat. Mutter sagte aber ganz vorwurfsvoll zu ihm: Aber Martin, und daß Schindeln am Dach sind, sagte sie. Vater sagte aber, daß ein Neger die Nachbarin eigentlich, gewissermaßen und sozusagen vergewaltigt hat. Vater sagte, daß die Neger eigentlich gewissermaßen und sozusagen keine Menschen sind. Vater sagte, daß die Neger in gewissem Sinne Tiere sind. Vater sagte, daß die Neger vergleichbar sind. Vater sagte, daß die Neger nicht wie wir sind. Wir hatten alle große Angst und meine Schwester begann zu weinen. Vater sagte aber, daß wir keine Angst haben dürfen, weil die Nachbarin genaugenommen eigentlich sowieso eh eine Hure ist.

## Der Vater

Jedesmal, wenn es eine Schwierigkeit im Haus gibt, dann holt die Mutter den Vater, und der Vater kommt, wenn ihn die Mutter holt, weil es eine Schwierigkeit im Haus gibt, und der Vater fragt, was es denn gibt. Der Vater fragt dann immer, wo es denn hapert. Was hat es denn, wo brennt es denn, fragt er. Der Vater hört sich dann die Mutter an, und dann sagt er, nur keine Panik, meine Lieben, das werden wir gleich haben, sagt er, kein Grund zur Beunruhigung, das ist nur eine Kleinigkeit, und das macht keine Schwierigkeit, sagt der Vater. Und die Mutter sagt zu uns, Kinder geht einmal zur Seite, damit der Vater dran kommt, seht ihr denn nicht, daß ihr dem Vater im Weg steht, fragt die Mutter. Dann krempelt der Vater die Ärmel hoch und lacht, wenn er den Schaden sieht. Was, das ist alles, fragt er, und dann sagt er, das ist nur eine Lappalie und eine Geringfügigkeit und daß wir das gleich haben werden. Ich habe immer den Eindruck, daß die Schäden, die im Haushalt anfallen, für meinen Vater weit zu klein und zu gering sind, der Vater ist viel zu groß für diese kleinen Schäden, die im Haus anfallen. Der Vater würde mit ganz anderen Sachen fertig, Gott sei Dank haben wir aber keine solchen Schäden, dafür ist unsere Wohnung auch zu klein, wenn wo nicht viel ist, kann auch nicht viel brechen. Und immer, wenn etwas kaputt ist, dann lacht der Vater auch nur, wenn zum Beispiel das Bügeleisen gebrochen ist und der Strom der Mutter einen leichten Stoß gibt, wenn sie es angreift, oder wenn der Verschluß am Fenster klemmt. Der Vater sagt immer, was hätten wir denn da in Rußland gemacht 1943. Das ist gar nichts, wenn man es mit Rußland 1943 vergleicht.

In Rußland muß 1943 sehr viel kaputt gewesen sein, weil Vater immer sagt, was hätten wir denn da 1943 in Rußland gemacht. Ich glaube, der Vater hat in Rußland recht viel repariert und lauter schwere Schäden behoben. Damals war nämlich in Rußland der Krieg, und im Krieg geht sowieso immer sehr viel kaputt, und in Rußland ist besonders viel kaputt gegangen, weil sie nicht aufpassen konnten, wie der Vater

sagt. Damals hatten sie 30 Grad, und zwar minus in Rußland, sagt der Vater, sodaß sehr viel gefroren ist, sogar Zehen. Und wenn bei 30 Grad Kälte 1943 in Rußland etwas gebrochen ist, dann sagt der Vater, daß er auch keine Miene verzogen hat. Damals hätte ich den Vater sehen mögen, wie er bei 30 Grad minus in Rußland immer keine Miene verzogen und alles repariert hat. Die Kameraden haben in Rußland immer gesagt, wenn etwas kaputt gegangen ist, holt den Freilinger Georg, das ist mein Vater, und dann haben sie in der Kompanie den Vater geholt, und der Vater ist hingegangen und hat keine Miene verzogen und hat den Schaden repariert. Er hat immer gesagt, sagt er, nur keine Panik, meine Kameraden, das haben wir gleich, Kameraden. Dann hat er gefragt, wo es hapert und brennt, und er hat gesagt, daß es keinen Grund zur Beunruhigung gibt. Was hätten wir denn 1943 in Rußland gemacht, hat der Vater damals nicht gesagt, denn das war ja 1943 in Rußland, drum hat er das damals natürlich nicht gesagt.
Einmal ist uns aber leider der Ölofen gebrochen, und das war ein größerer Schaden, als der Vater am Anfang gemeint hat. Als der Vater von der Arbeit nach Hause gekommen ist, hat die Mutter gesagt, daß wir ein Problem im Haus haben. Der Vater hat aber gleich gesagt, was hat es denn, wo brennt es denn. Leider, hat die Mutter gesagt, brennt es nicht, und zwar brennt es im Ölofen nicht, und das ist auch der Grund, warum es heute so kalt in der Wohnung ist, wie in Rußland. Die Mutter hat zum Vater gesagt, daß der Ölofen nicht mehr anspringt. So so, hat der Vater darauf gesagt, was du nicht sagst, der Ölofen springt nicht mehr an. Ja, wenn der Ölofen nicht mehr anspringt, hat der Vater gesagt, während er die Tasche niedergestellt hat, dann müssen wir halt etwas unternehmen, daß der Ölofen wieder anspringt. Darum bittet sie, hat die Mutter gesagt. Dann hat der Vater gesagt, nur keine Panik, meine Lieben, der Schaden kann nicht groß sein, und was hätten sie denn da 1943 in Rußland gemacht. Es ist zwar kalt in der Wohnung, aber 30 Grad minus haben wir gerade auch noch nicht. Die Mutter hat zu uns gesagt, daß wir zur

Seite gehen und dem Vater nicht immer im Weg stehen sollen. Da sind wir zur Seite gegangen, und der Vater ist an den Ölofen und an das Problem herangetreten. Dann hat er noch einmal gesagt, so so, der Ölofen will also nicht, und daß wir halt dann einmal schauen wollen, ob er es sich nicht doch noch anders überlegt und gleich anspringen möchte. Der Vater hat aber immer das gesagt, was er gerade getan hat, und er hat auch immer alles getan, was er gesagt hat, das auch. Der Vater hat die obere Platte hochgehoben und gesagt, jetzt werde ich einmal die obere Platte hochheben. Dann hat er gesagt, jetzt werde ich einmal hier hineinschauen, und dann hat er wirklich hineingeschaut. Dann hat er die Ölzufuhr unterbunden und gesagt, daß er jetzt die Ölzufuhr unterbindet. Dabei hat er unten am Ofen eine Schraube angedreht. Das macht er deshalb, hat er gesagt, damit nichts mehr nachfließen kann. Wir haben nämlich im Grunde schon eine Überschwemmung, hat der Vater gesagt. Und das erinnert ihn schon an Rußland, wo 1943 auch die Wolga über die Ufer getreten ist. Dann hat der Vater aber recht gelacht, weil das mit der Wolga ein Witz gewesen ist, wenn es 30 Grad minus hat. Und jetzt, hat der Vater zu mir gesagt, wie er mit dem Lachen fertig gewesen ist, bringst du mir einmal eine Rolle Klopapier. Und die Mutter hat zu mir gesagt, daß ich dem Vater eine Rolle Klopapier bringen soll, weil er sie höchstwahrscheinlich brauchen wird, obwohl sie sich das alles noch nicht vorstellen kann, weil sie nur eine Frau ist. Da habe ich dem Vater aus dem Klo eine Rolle Klopapier gebracht. Der Vater hat mir die Rolle aus der Hand genommen, und er hat immer mehr Papier von der Rolle heruntergedreht. Dann hat er das Papier abgerissen. Und jetzt, hat der Vater gesagt, werde ich das Papier hier hineinstecken, und hat das Klopapier beim Loch in den Ölofen hineingesteckt. Er muß nämlich, hat der Vater gesagt, den Ölofen trockenlegen, er muß die Überschwemmung in diesem Ölofen austrocknen, hat er gesagt. Das Prinzip hat der Vater das sogenannte Lösch- oder Fließpapierprinzip genannt. Er hat gesagt, daß das Klopapier jetzt eine Funktion hat, das Klopapier erfüllt genau denselben

Zweck wie ein Schwamm, der alles aufsaugt. Dann hat uns der Vater gefragt, ob wir schon merken, wo er hinauswill. Die Mutter hat gesagt, daß sie beim Klopapier am Anfang nie gedacht hätte, wo der Vater damit hinauswill, daß sie aber jetzt schon sieht, daß der Vater wieder einmal recht gehabt hat und das Richtige unternommen hat. Da hat der Vater ein wenig lächeln müssen, weil er die Mutter wieder einmal überzeugt hat. Da sind wir alle recht stolz gewesen auf unseren Vater.

Jetzt hat der Vater gesagt, hat er zwei Möglichkeiten. Der Vater hat gesagt, daß er jetzt entweder das Klopapier, das vom Öl durchtränkt ist, aus dem Ofen herausziehen kann, das ist die eine Möglichkeit, oder daß er das Klopapier, das jetzt ein Ölpapier ist, auch im Ofen anzünden kann, das ist die Möglichkeit Numero zwei. Dann hat sich der Vater hingestellt und hat gesagt, daß er jetzt die Vor- und Nachteile der einzelnen Möglichkeiten gegeneinander abwägt und daß er sich für die bessere Möglichkeit von den beiden entscheiden wird. Die Möglichkeit Numero zwei, hat der Vater gesagt, ist die bequemere, hat aber den größeren Risikofaktor. Der Vater hat gesagt, daß er sich nicht wegen der Bequemlichkeit, sondern aus vernünftigen Gründen für die Lösung Numero zwei entscheidet, weil das Risiko kalkuliert ist und weil auch die Lösung Numero eins keine ganz saubere Lösung ist und eine gewisse Verschmutzung mit sich bringt.

Leider hat sich der Vater dann wirklich für die Lösung Numero zwei entschieden.

Als wir ihn am anderen Tag im Krankenhaus besuchten, war er schon wieder ziemlich wohlauf. Er sagte immer zu uns, nur keine Panik, meine Lieben, das ist nur eine Kleinigkeit, und das werden die Ärzte gleich haben, es hat ihm nur leider das linke Trommelfell beschädigt, aber das werden die Ärzte schon richten, die Ärzte haben in Rußland 1943 bei Stalingrad ganz andere Schäden behoben. Der Vater sagte, daß er sich diese unverhoffte Explosion überhaupt nicht erklären kann und daß der Ofen genaugenommen gar nicht explodieren hätte dürfen, weil er alle Faktoren in Rechnung gestellt hat.

Der Vater sagte aber, daß er zugibt, daß er bei der Lösung Numero zwei den Risikofaktor vielleicht ein bißchen zu niedrig angesetzt hat und daß ihm das eine Lehre für die Zukunft ist. Der zweite Fehler war, daß er bei der Explosion den Mund geschlossen hatte, wenn er nämlich den Mund offen gehabt hätte, wie sie ihn beim Militär in Rußland bei den Explosionen immer offen gehabt haben, dann wäre das mit dem Trommelfell nicht passiert, sagte er. Der Vater fragte die Mutter, wie die Wohnung ausschaut, die Mutter weinte aber leise und sagte, daß die Wohnung leider sehr ausschaut und daß wir jetzt leider in der Wohnung die russischen Verhältnisse haben. Der Vater fragte immer, was sie sagt, weil er sie nicht verstand, weil die Mutter auf der linken Seite saß, wo es dem Vater das Trommelfell zerrissen hatte.

## Was Thomas Bernhard nicht lesen durfte

*Die Hamburger »Zeit« hat vor einiger Zeit einen Aufsatz von Thomas Bernhard zum Thema »Österreich« gebracht, den der Salzburger Residenz-Verlag nicht in seiner Anthologie »Glückliches Österreich« haben wollte (»Was Österreich nicht lesen durfte«). Ich bin als Autor des Residenz-Verlages auch schon einmal mit einem Text nicht durchgedrungen und der sanften Zensur des Lektorates erlegen. Es handelt sich bei der untenstehenden Geschichte um ein Kapitel aus meinem Roman »Zu Lasten der Briefträger« (Salzburg 1974). Frau Gertrud Frank, die damalige Lektorin des Residenz-Verlages, meinte, daß der Text literarisch in Ordnung sei, daß ihn der Verlag »seinem Autor Bernhard« aber nicht antun könne, weil der Gemeinte hier keinen Spaß verstehe. Ich habe natürlich leicht »eingesehen«, daß dem Verlag an Thomas Bernhard mehr lag als an mir . . . So stimmte ich der Kastration meines Textes zu. Ich habe mich in der Zwischenzeit freilich öfters über meinen Opportunismus geärgert. So habe ich vor kurzem der »Zeit« die anstößige Passage angeboten. Die*

*Redaktion des »Feuilletons« hat nach anfänglichem Zögern schließlich die Veröffentlichung abgelehnt, weil sie in letzter Zeit so oft lobend über unseren österreichischen »Nationaldichter« berichtet hätten, und die Leser der Zeitung meinen Artikel als weitere Huldigung verstehen würden ... Als das habe ich ihn freilich seinerzeit wirklich nicht gemeint.*

Es gibt natürlich auch Leute, sagt dein Briefträger Blumauer, die lachen dich höchstens aus, wenn du als dahergelaufener Briefträger etwas Freundliches sagst, oder sie werden auch noch wild. In seinem Rayon, sagt Blumauer, betrifft das vor allem den ortsansässigen Dichter. Wenn ich unseren ortsansässigen Dichter nur sehe, sagt Blumauer, geht mir sowieso schon kein gutes Wort mehr herauf. Guten Tag, paßt schon nicht, wäre schon zuviel an Güte. Wie er dasteht in seinen Gummistiefeln, in seiner ledernen Kniehose, mit dieser Leidensmiene. Und die trostlosen und traurigen Bücher unseres ortsansässigen Dichters, sagt Blumauer, sind nach seiner, Blumauers Meinung, rein ein Ergebnis von Gummi und Leder, da fehlts einfach an Sauerstoff, sagt er, hier ist alles erstickt und abgestorben, weil keine Luft dazu kann.
Stell dir vor, sagt Blumauer, in einer Preisrede sagte unser ortsansässiger Dichter, daß es nichts zu loben gibt, nimmt den Preis an, steckt das Preisgeld ein und sagt: Es gibt nichts zu loben! Wer unseren ortsansässigen Dichter auszeichnen will, sagt Blumauer, muß erstens dafür bezahlen und zweitens muß er sich dafür beschimpfen und verspotten und verhöhnen lassen. Und weil das offenbar so schön ist, sagt Blumauer, weil die Juroren und Preisverleiher von Kiel bis Bozen das so gern haben und mögen, darum hat unser ortsansässiger Dichter inzwischen auch jeden Kultur- und Literaturpreis bekommen, der zwischen Kiel und Bozen vergeben wird. Der Mensch, schreibt unser ortsansässiger Dichter, sagt Blumauer, Postmeister, der Mensch besteht aus Niedertracht und Wahnsinn und unendlicher und grenzenloser Dummheit. Und was verschiedene Preisverleiher und Juroren und Kulturpolitiker betrifft, sagt Blumauer, möchte er das sogar

auch selbst fast unterschreiben. Für sie trifft das im wesentlichen zu, sagt Blumauer, Masochisten jedenfalls sind sie sicher, sagt er.
Tag für Tag, sagt Blumauer, bringe ich unserem ortsansässigen Dichter Verständigungen von Preisverleihungen. Und täglich gibt es von unserem ortsansässigen Dichter neue Brüskierungen und Beleidigungen und Verunglimpfungen, so schnell können die Kulturpreisverleiher gar nicht verleihen, oft ist unser ortsansässiger Dichter noch kaum vorgeschlagen, da schlägt er auch schon zurück. Aber er braucht das ganz einfach, das erhält ihn am Leben, das heißt am Klagen, und die Kulturellen brauchen das auch, sagt Blumauer. Was ihn, Blumauer, betrifft, sagt Blumauer, so hält er sich angesichts des ortsansässigen Dichters grundsätzlich an dessen Mahnung: Es gibt nichts zu loben.
Schlimme Nachrichten, sage ich, sagt Blumauer, schlimme Nachrichten, mein Herr, sage ich, wenn ich ihm die Post übergebe. Die Nachrichten, sage ich, sagt Blumauer, die ich Ihnen hier übergebe, sind sicherlich die schlimmsten und traurigsten und niederschmetterndsten, sicherlich sind die Nachrichten die deprimierendsten, die ich Ihnen hier aushändigen muß. Oder ich schimpfe einfach auf das Wetter, wie immer es dann auch aussieht. Scheint die Sonne, dann sage ich, die Sonne ist stechend und sengend, die Sonne ist heuer die niederstechendste und versengendste, sage ich. Oder es regnet, dann sage ich, dieser Regen ist der aufweichendste und grundlosmachendste seit Jahrzehnten, sage ich, seit Jahr-
nderten, sage ich, oder ich sage auch: seit Jahrtausenden,
ich sage: seit Menschengedenken.
beschwert sich der ortsansässige Dichter über die
stellung. Die Postzustellung ist unzuverlässig, sagt er,
stzustellung ist die unzuverlässigste. Wenn das ge-
, sagt Blumauer, wenn sich der ortsansässige Dich-
r die Postzustellung beschwert, dann geschieht auch
les: Ich beschwere mich über mein Moped. Sehen Sie
oped, sage ich, sagt Blumauer, und dabei renne ich
Amokläufer um das Fahrzeug herum. Ich halte an und

sage: Die Postzustellung kann nicht besser sein als das Material. Und das Material ist schlecht, sage ich. Ich gehe um mein Moped und sage immer wieder: Materialschaden, Materialschäden, sage ich.
Und dann sage ich noch andere Reizwörter. Ich sage etwa: Vergaser! Immer wiederhole ich das Wort: Vergaser. Dauernd sage ich Vergaser oder Vergasung. Oder ich sage: Einspritzung. Oder ich sage: Antriebsschwäche. Ich laufe wie ein Irrsinniger um mein Moped, halte hin und wieder an, schaue auf das Fahrzeug und dann auf den ortsansässigen Dichter und sage: Antriebsschwäche, totale Antriebsschwäche. Dann sage ich: Sehr verehrter Herr, stellen Sie bitte in Rechnung, und halten Sie mir zugute, daß an diesem Moped, das Sie hier vor sich sehen, die Zylinderkopfdichtung schadhaft ist. Die Kopfdichtung, sage ich, immer sage ich: die Kopfdichtung. Und: Die Kopfdichtung ist die undichteste und desolateste schlechthin. Und weil die Kopfdichtung dieses Mopeds die defekteste und desolateste ist, darum ist in diesem Zylinder ein katastrophaler Unterdruck, der Unterdruck in diesem Zylinder, sage ich, sagt Blumauer, ist der katastrophalste. Verstehen Sie mich doch, mein Herr, sage ich, ich bräuchte, um die Post pünktlich und korrekt zustellen zu können, wie Sie es verlangen, mehr Kompression. Ich habe aber leider keine Kompression, sage ich, ich habe keine Kompression, sage ich, sondern nur Depression. In diesem Moped herrscht eine lähmende Depression, sage ich, ja, ich sage nicht nur: Depression, sondern ich sage auch: Deprimation. Ich sage, während ich um mein Moped laufe und v[illegible] Zeit zu Zeit einhalte, immer wieder das Wort: Deprim[illegible] Die Deprimation ist die deprimierendste und depres[illegible] Mein Herr, stoße ich hervor, es fehlt an Schubkraf[illegible] Zündkerzen geben kein Licht, sage ich, im Zylinder [illegible] fürchterliche Finsternis . . .

## Essig

*Antwort auf eine Anfrage um Mitarbeit an einem Literaturalmanach zum Lob des Weines*

Lieber Lektor, heuer hast Du uns also *Vom Gebrauch des Weines* als Thema für den Almanach vorgeschrieben. All die Jahre habe ich einen Beitrag geliefert, über den *Lieblingsautor*, die *Heimat* und die *Fremde*, und wie die Themen alle lauteten. Einmal habe ich mir gegen meine prosaische Natur sogar lyrische Gedichte abgepreßt. Zu dem heurigen Thema aber kann ich leider nichts beitragen. Ich mag Wein nicht und könnte somit nur schreiben, warum ich ihn nicht brauche. Auch die anderen einladenden Auswege will ich nicht beschreiten. Denn natürlich könnte man das Wort *Wein* als ein Synonym für *Alkohol* auffassen, vielleicht sogar für *Flüssigkeit*. Das Wort *Flüssigkeit* wieder heißt im Lateinischen bekanntlich *Humor*. Aber wo kommen wir da hin!

Über *Bier* hätte ich übrigens gute Geschichten *auf Lager*. Vielleicht kann ich einmal erzählen, wie ich als Kind am Abend eines heißen Sommertages nach der Heuernte von der Mutter mit einem irdenen Krug um Bier zum Derflinger Wirt geschickt wurde, auf dem Heimweg aber fast alles verschüttete. Das möchte ich alles einmal zusammenstellen und Herrn Schaffler oder, wenn er es nicht will, einem Bierverlag anbieten. Auch über den *Most*, den die Deutschen *Apfelwein* nennen, hätte ich als Landler und Mostschädel viel parat gehabt. Am nächsten aber käme ich dem heurigen Jahresthema vielleicht im *Essig*. Vom *Weinessig* nämlich machen wir im Gegensatz zum *Wein* ausgiebig Gebrauch. Nebenbei bemerkt, glaube ich, daß im Essig mehr Wahrheit steckt als im Wein. Saure Sachen mag ich. Gib ihm Saures, habe ich bei mir gedacht, als ich Dein Thema zuerst las. Aber das hieße ja doch auch das Thema verfehlen. Wie bist Du nur auf dieses Motto gekommen? Es ist, als ob Goethe, Weinheber und Zuckmayer noch unter den Lebenden weilen würden.

Ich habe es immer als sehr merkwürdig empfunden, daß es

mich ausgerechnet in die Ortschaft Weinberg verschlagen hat. Kommst Du uns eigentlich in den Sommerferien besuchen? Ich habe heuer wieder einen ausgezeichneten Most! *Weinberg*, ja, der Name muß ja einmal etwas bedeutet haben. Das Hausruckviertel ist offenbar auch nicht mehr das, was es einmal war. Der *Berg* ist noch da, aber mit dem *Wein* ist es Essig. Ein fröhlicher Weinberg...
Vielleicht gibt es für den nächsten Almanach wieder ein Thema, zu dem ich etwas sagen kann. Für heute herzliche Grüße!

Dein Alois

## Germ und Kren

*Beitrag zu einem kleinen österreichischen Wörterbuch*

»Ich brauch noch Germ um einen Groschen, Weinbeerl'n um fünf Kreuzer, Zucker um fünf Groschen, Safran um zwei Groschen und Neugewürz um zwei Kreuzer.« Das sagt die Mutter zum Peterle in Roseggers Weihnachtsgeschichte »Als ich Christtagsfreude holen ging«. Als ich mir während der Arbeit an meinen eigenen Weihnachtsgeschichten »Vom Schnee der vergangenen Jahre« Anregungen holen ging und mich ein wenig bei der Konkurrenz umsah, was ihr zu diesem schönen und schön schweren Thema eingefallen ist, las ich auch Roseggers beispielhafte Erzählung wieder. Ich las sie in Marianne Bernhards erfolgreichem Weihnachtsbuch »Gnadenbringende Weihnachtszeit«, München 1975. Dort steht aber nicht wie ursprünglich bei Rosegger *Germ*, sondern *Grem*, und das nicht nur einmal, sondern immer, und das schon in der 6. Auflage, unverbessert und unverbesserlich *Grem*. Beim ersten Vorkommen ist das an Creme erinnernde Wort mit einer Erklärung versehen: *Grem* (*Bierhefe*). Der deutsche Setzer wird sich gedacht haben, *Germ* könne es wohl nicht heißen, weil er sich an einem anderen, ebenfalls in Roseggers Text vorkommenden österreichischen Wort, nämlich *Kren* für Meerrettich, orientierte. Weil es also *Kren* und nicht *Kern* heißt, darum muß es auch *Grem* und nicht *Germ* heißen. Das also ist des Pudels Kren! Was aber so herausgekommen ist, ist mehr als ein bloßer Tippfehler. (So wie etwa in vielen Seminararbeiten an unseren Universitäten von jenem bekannten deutschen Philosophen Immanuel *Knat* die Rede ist.) Der Setzer hat mit *Grem* (nach *Kren*) etwas getan, was die Sprachwissenschaft einen »falschen Reihenschritt« nennt. Auch bietet die Wissenschaft für diese Erscheinung den Terminus »Metathese« an. Im übrigen kommt auch uns Österreichern vieles an Roseggers Erzählung fremd und wie aus einem anderen Kulturkreis vor. Rosegger nennt etwa die folgenden Festtagsgerichte: Speckfleck, Nierenlümperl, Knödelfleisch mit Kren (da haben wir's), Zuckernudeln, Schmalzkoch mit Weinbeerln und Safran.

Ich, Sohn eines Müllers und Bäckers und Germanist, möchte niemanden, auch nicht die deutschen Freunde, verwirren, muß aber hier doch erwähnen, daß die österreichische Aussprache des Wortes ursprünglich *Gerem* gelautet hat, also zweisilbig war und dem reichsdeutschen Druckfehler gar nicht so unähnlich gesehen hat. Das zweite e zwischen den Konsonanten r und m nennt die Mundartkunde einen sekundären Sproßvokal, auch Svarabhakti oder Anaptyxe. Diese Fremdwörter sind nun freilich etwas fremder als die Wörter *Germ* und *Kren*, sie stammen nämlich nicht aus dem Österreichischen, nicht einmal aus dem Deutschen, sondern aus dem Sanskrit und dem Griechischen ... Doch nur keine Angst, ihr lieben Kannitverstans, eure Form *fünef* für *fünf* ist auch anaptyktisch, da habt ihr's.

Mein Vater hat noch die Zeit vor dem *Gerem* und dem *Germ* erlebt und in seinen frühen Jahren noch das Backen mit Anstellsauer, auch *Urer* genannt, betrieben. Erst später ist er auf Germ übergegangen. Davon hat er in seinem langen Bäkkerleben sicherlich einige Tonnen verbraucht. Einige hundert Kilo habe ich selbst im Laufe meiner Gymnasialzeit beim Kornpointner am Kaiser-Josefs-Platz in Wels geholt und mit dem Autobus nachhause gebracht. Beim *Germ* kenne ich mich aus. Ich stamme gewissermaßen aus einem *Germersheim*, *Gremersheim*, wie es in Deutschland heißen muß.

# Der größte Feind des Österreichers ist der Borkenkäfer

Der Papst in Rom hat Österreich eine Insel der Seligen genannt. Der Heilige Vater hat uns damit, wenn auch nicht im strengen und engen theologischen Sinn, bei Lebzeiten seliggesprochen, jedenfalls seliggepriesen. Der Papst hat *selig* freilich in der Bedeutung von *glücklich* gemeint. Das Glück aber ist bekanntlich blind und vergänglich, und niemand ist vor seinem Tod glücklich zu preisen. Nemo ante mortem beatus, heißt es in einem Sprichwort, das laut Herodot auf Solon zurückgeht. (Das hätte der Papst eigentlich wissen müssen.) Das Wort *Glück* enthält so immer auch die Bedeutungskomponente *Zufall*, auch wenn der eklektische Pragmatiker Cicero in den »Gesprächen in Tusculum« schreibt: Fortes fortuna adiuvat. Klopfen wir also auf das Holz, das unsere Heimat fast zur Hälfte bedeckt, daß uns das Glück weiter hold bleibt.

Ich habe in der Volksschule gelernt, daß das Holz das wichtigste österreichische Exportgut und so die solide Basis unseres wirtschaftlichen Wohlergehens und Glückes darstellt. Mich hat das schon als Kind sehr beruhigt und für die Zukunft Österreichs zuversichtlich gestimmt. Denn das Glück müßte sich dann ja bei einiger ökonomischer Vernunft immer wieder aufforsten lassen, der Wald und unser Glück würden immer nachwachsen. In einem Schulaufsatz aber habe ich einmal geschrieben: Der größte Feind des Österreichers ist der Borkenkäfer. Neben dem Borkenkäfer lernte ich übrigens auch den Kartoffelkäfer fürchten und hassen. Und ich habe mich selbst in den Jahren nach dem Umbruch als Kind öfters an den damals üblichen großen Kartoffelkäfersuchaktionen in meiner Heimatgemeinde Pichl in Oberösterreich beteiligt, das heißt beteiligen müssen. Heute muß ich von Zeit zu Zeit meine Geschwister und Bekannten fragen und mir bestätigen und mich vergewissern lassen, daß wir das wirklich erlebt und ich es nicht bloß geträumt habe: diese

agrarischen Großrazzien, bei denen jeweils bis zu dreißig Leute Furche um Furche die Kartoffelfelder auf der Suche nach den aus Amerika eingeschleppten Kartoffelkäfern durchkämmten. Es gab sogar Kopfgeld und Prämien, Finderlohn; dies freilich nur so lange, als diese Insekten wirklich nur eine kleine Sekte und eine Minderheit waren. Bald beherrschten sie ja das Bild und die Erdäpfelfelder. Es war dies ein Unglück, aber doch auch wieder wie eine Erlösung. Wenigstens hatte die lästige Sucherei ihr Ende.
Am Gymnasium lernte ich, daß ein Österreicher, der seine Heimat liebt, das Wort *Erdapfel* verwendet und das Wort *Kartoffel*, das die Deutschen gebrauchen, die uns 1938 wie die Kartoffelkäfer überfallen und viel Unglück über das glückliche Österreich gebracht haben, unbedingt vermeiden wird. Wir sagten *Erdapfel*, aber *Kartoffel*käfer. Durch die Belohnung, die es von der Landwirtschaftskammer für jeden gefundenen Käfer gab, bekam man, namentlich als Kind, ein sehr zwiespältiges Verhältnis zu diesem Ungeziefer.
Ein Bauer, ein Kunde meines Vaters in der Mühle, machte sich damals den folgenden Reim auf die neuen und bis dahin in Österreich unbekannten Schädlinge in Wald und Flur: Siehst du, Müller, sagte er, so treiben es die Amerikaner: Zuerst wollten sie Deutschland in einen reinen Agrarstaat verwandeln, in ein einziges Erdäpfelfeld, und dann hätten sie den Kartoffelkäfer geschickt. Und nach den Kartoffelkäfern würden sie den Deutschen das DDT verkaufen. Das sei alles Politik, sagte er, und die einzige Politik sei die Wirtschaft und das Geschäftemachen. Mein Vater hatte die Vergangenheit wieder anders bewältigt, er war Pessimist geworden und liebte es neuerdings, herabsetzend und wegwerfend von Deutschland und Österreich zu reden. Er hatte zwar noch nicht ganz eingesehen, daß die Taten seines Innviertler Landsmannes schlecht gewesen, wohl aber daß sie dumm, *saudumm*, wie er sagte, gewesen sind. So gab er in diesem Falle, im Falle des Kartoffelkäfers, zu bedenken, daß nicht nur sie, die Kartoffelkäfer nämlich, aus Amerika kommen, sondern schließlich ja die Kartoffel selbst, und daß die Euro-

päer so blöd gewesen seien, daß sie am Anfang nicht die verdickten Wurzeln, sondern die überirdischen grünen Knollen und das Blattwerk der Pflanze gefressen hätten, wie jetzt die Kartoffelkäfer. Und mein Vater lachte bitter und gefiel sich in der Vorstellung, wie die Europäer nicht die verdickten Wurzeln, sondern die überirdischen grünen Knollen des exotischen Nachtschattengewächses fraßen und erbrachen. Den Europäern, sagte mein Vater, fuhr das grüne Püree beim Arsch aus. Wir waren zu dumm zum Erdäpfelessen, sagte mein Vater. Die Amerikaner haben uns gezeigt, wie man Erdäpfel ißt, und jetzt haben sie uns gezeigt, wie man einen Krieg führt.

Papst Paul VI. sagte, Österreich sei eine Insel der Seligen, mein Vater aber sagte damals, daß Österreichs Glück einzig in seiner Bedeutungslosigkeit liege. Glücklich ist, wer vergißt, sagte mein Vater, die Stärke des Österreichers sei die Vergeßlichkeit. Der Österreicher kann froh sein, daß er so dumm ist.

Alles, was wir können, sagte mein Vater, ist Holz, einen rohen Stoff, exportieren und unsere Wälder plündern. (Heute nennt die Wirtschaftswissenschaft das Holz ein *unintelligentes* und *unsensibles* Produkt.) Österreichs Gegenwart und Zukunft, sagte mein Vater, liegt im Holz, also in der Vergangenheit, als man die Bäume angesetzt und gepflanzt hat. Seien wir glücklich, sagte mein Vater, daß wir wenigstens ein Holz haben. Verdient haben wir es eh nicht. Aber die dümmsten Bauern haben oft die größten Erdäpfel.

## Der Eisstock

Wo ich auch hinkam und Eisschützen beim Eisschießen zusah, an keiner der anderwärts gepflogenen Spielarten und Varianten fand ich Gefallen, sie kamen mir alle, verglichen mit unserem oberösterreichischen Modus ludendi, eher unvernünftig und reizlos vor. Manchmal stand ich, bei ver-

schiedenen Reisen, in der Steiermark, in Salzburg oder in Kärnten, winterszeit am Rand eines Teiches oder eines künstlich hergestellten Eisplatzes und beobachtete mit Interesse und Verachtung die sichtbar enttäuschende Kümmerform eines an sich prächtigen Sportes, wenn er in Anlage und Ausführung sein hohes und ideales (oberösterreichisches) Niveau erreicht . . . Ich war oft versucht, dreinzureden, etwas einzuwenden und Ratschläge zu erteilen, und nur mein Widerwillen, zu wildfremden Leuten irgend etwas zu sagen, war stärker und größer als mein Mißfallen an den fremden Spielregeln und Spielunarten. Was spielt ihr da nur zusammen, war ich versucht zu sagen, oder auch: Was verwendet ihr da nur für unmögliche Stöcke! Was ich an Eisstöcken und Gerät erlebte, entsprach ganz und gar nicht den Erwartungen eines Hausruckviertlers von einem Eisstock. Das waren brettebene Scheiben mit langen, einer großen Pfeife nicht unähnlichen Stielen und einem elend krummen Knauf. Die alpenländischen Eisbahnen waren nach meinem alpenvorländischen Dafürhalten viel zu lang, hatten ein ungünstiges Seeformat und erlaubten darum kein präzises und gezieltes Arbeiten, auch kein kräftiges Verschießen gegnerischer Stöcke von jeder gewünschten Seite und mit dem besonderen, haargenau und scharf bemessenen Nachdruck. Der große Abstand von der sogenannten *Fuße*, dem ins Eis geritzten Grübchen zum Einsetzen des Fußes, bis zur sogenannten *Taube*, einem beweglichen Holzklötzchen, dem Ziel- und Angelpunkt des ganzen Spieles, das manchmal, wenn darauf geschossen wurde, seinen Namen wörtlich nahm und durch die Luft flog, degradierte die alpenländische Ausprägung des Eisschießens zu einem Glücks- und Lotteriespiel. Das waren nur einige der Fehler, die ich unterwegs wahrnahm. Ich konnte ein solches Spiel nicht ernst nehmen.
Ich machte freilich die Feststellung, daß die Gepflogenheiten der Eisschützen nicht nur von Land zu Land, sondern bereits von Gemeinde zu Gemeinde, ja letztlich von Teich zu Teich verschieden sind. Überquert man aber die Alpen oder fährt man in ein anderes Bundesland, so ist das Spiel fast nicht mehr

wiederzuerkennen. Da stand man also, meinte besser zu wissen, wie es eigentlich gemacht gehörte, und wunderte sich, daß diese Menschen an ihrem kindischen Treiben eine solche Freude finden und sich mit einer solchen Ausdauer stunden- und tagelang nach sinnlosen Regeln einem durchaus unattraktiven Spiel hingeben können. Sicher aber galt auch umgekehrt, daß ein Fremder und Auswärtiger unserer Spielweise nichts abgewinnen hätte können, was sich auch verschiedentlich zeigte. Das erwies sich etwa nach dem Krieg, als die nach Oberösterreich gekommenen Heimatvertriebenen und Flüchtlinge das landesübliche Eisschießen erlebten – und verschmähten. Sie zogen sich auf eigene Teiche zurück, wo sie das Spiel nach den Regeln ihrer alten Heimat praktizierten. Ich hörte einmal einen Einheimischen, der ihnen dabei zugesehen hatte, darüber erzählen: Das war die Rede eines Orthodoxen und Rechtgläubigen über Häresie und Sektierertum.

Wenn ich von heute aus auf meinen eigenen seinerzeitigen kuriosen Eifer für die rechte Nebensache zurückblicke, dann ist er mir ein schönes Beispiel nicht nur für Heimatsinn und Beharrlichkeit, sondern auch für Starrsinn und Chauvinismus. Er illustriert nicht nur das Sprichwort: Was der Bauer nicht kennt, frißt er nicht, sondern auch die Schwierigkeit, jedem seine eigene Fasson zuzugestehen, nach der er selig werden will. Am landlerischen Wesen wird der Eisstock genesen. (Chauvinismus plus Macht aber ergibt bekanntlich leicht Zwangsbeglückung.) Daß die Ordnungen nicht nur auf dem Eis und beim Spiel solid und rigid, sondern auch im gesamten übrigen Leben versteinert und eingefroren waren, wurde mir schon sehr früh, gerade am Beispiel der Heimatvertriebenen, bewußt.

Nach dem Krieg lebten im Hausruckviertel viele Deportierte und Flüchtlinge aus dem Osten, in der Mehrzahl Donauschwaben. Auch in meinem Elternhaus lebte eine Familie aus dem Temescher Banat. Wie es im einzelnen zur Tragödie der Vertreibungen und Ausweisungen gekommen war, verstand ich als Sieben- und Achtjähriger natürlich nicht, daß es aber einen Krieg gegeben hatte und daß etwas sehr Schwerwiegen-

des und Trauriges vorgefallen war und daß zwischen diesem Krieg und den Flüchtlingen ein Zusammenhang bestand, wußte ich wohl. Das Leben der Flüchtlinge aber war schwer, und sie hatten mein ganzes kindliches Mitleid. Auch dort, wo es die Flüchtlinge gut hatten, wie es hieß, was bei unseren Banatern vielleicht der Fall war (meine Familie jedenfalls war davon überzeugt), hatten sie es lediglich »gut« aus Mitleid, Gnade und Duldung. Man erwartete aber von ihnen Anpassung und nach all den bereits erlittenen Verlusten letztlich die Selbstaufgabe. Ohne eigentlich bösen Willen bei den Gastgebern, gab es für die Flüchtlinge viele Demütigungen in ihrer sogenannten neuen Heimat. Ich erinnere mich daran, daß Vater manchmal sagte, dem Herrn Weißhaupt, dem Vater unserer Banater Familie, der bei uns arbeitete, müsse man die Landwirtschaft erst noch ein wenig beibringen. Er brauche noch ein wenig Hilfe und Nachhilfeunterricht im Landwirtschaften. Dabei war Herr Weißhaupt vor der Vertreibung selbst Bauer gewesen. Vater stellte ihn aber mit bevormundendem Wohlwollen als einen sozusagen unkultivierten Wald- und Wiesenlandwirt aus dem Osten hin, dem die feine mitteleuropäische Agrikultur offenbar noch fremd und ungewohnt war. Banat und Balkan waren für meinen Vater so viel wie Asien, die Landwirtschaft, die in Bulgarien, Rumänien und Serbien betrieben wird, nannte er *vorsintflutlich*. Was aber mußte diese schlechte, wenn auch nicht so schlecht oder überhaupt *gut* gemeinte Behandlung für Herrn Weißhaupt bedeuten, der als freier und großer Bauer, wie seine Vorväter seit fast zweihundert Jahren, im fruchtbaren Rumänien gelebt hatte und nun als Knecht bei einem kleinen oberösterreichischen Müller, Klein- oder Beunthäusler dienen mußte, dessen in der Gegend verstreuter Besitz insgesamt 14 Joch, also ungefähr 7 Hektar ausmachte und somit mehr aus Grenzen als aus Grund und Boden bestand!
Wenn die Heimatvertriebenen von ihren Häusern und ihrem verlorenen Besitz sprachen, ernteten sie oft Verständnislosigkeit und auch mehr oder weniger milden Spott. Erzählten sie von der Schönheit und unermeßlichen Fruchtbarkeit ihrer

verlorenen Heimat, dann sagten die Leute: Was nicht noch alles, das Paradies und ein Schlaraffenland wird es auch nicht gewesen sein. Ihr übertreibt und schneidet wohl ein wenig auf. Sprachen sie von daheim, so sagten die Leute: Daheim, daheim ... Daheim haben die Bettelleut auch Weiber. Die Wendung *han ma g'het* (haben wir gehabt) wurde zu einem Neck- und Spottwort. Mit unverhohlener Mißbilligung und großer Mißgunst aber wurde von vielen Einheimischen zur Kenntnis genommen, daß sich einzelne zugezogene Vertriebene in ihrer neuen Heimat in bestimmten Berufen, die sie, wie etwa die Gablonzer das Schmuckerzeugen, schon in ihrer alten Heimat betrieben hatten, überzeugend durchsetzten und etwa als Unternehmer wirtschaftlich erfolgreich waren. Das schien vielen nicht in Ordnung. Was oben war, sollte oben, und was unten war, sollte unten bleiben. Als man sich aber mit dem Erfolg der Neubürger aus dem Osten abzufinden begann, hieß es mit einemmal wieder: Sind brave und fleißige Menschen. Sind halt doch auch Deutsche, unsere Volksdeutschen.
Mein Vater hatte es mit Herrn Weißhaupt so lange *gut* gemeint, bis diesem das ganze Gutmeinen einmal zuviel wurde und er meinem Vater die Verachtung und Geringschätzung, die sich seiner Meinung nach in all den stichelnden Bemerkungen und Belehrungen verbargen, in einer lauten und heftigen Rede als Beleidigung seiner Würde und seines Stolzes vorwarf. Vater war völlig fassungslos über den Wutausbruch des Herrn Weißhaupt, weil er es doch immer *gut* mit ihm gemeint habe ...
Zu Weihnachten, am Heiligen Abend 1946, hatten wir die gesamte Familie Weißhaupt in unsere Stube eingeladen, wir hatten alle gemeinsam gebetet und gesungen, die Banater hatten uns Weihnachtslieder der Donauschwaben und aus der Batschka und dem Banat vorgesungen, es war alles sehr stimmungsvoll, sehr friedlich und harmonisch verlaufen. Und dann plötzlich, wenige Tage nach Weihnachten, dieser häßliche Haß! Herr Weißhaupt sagte, er habe einen großen Respekt vor der Religion, und er sei selbst ein Christ, aber auf

das Christentum des Vaters könne er verzichten, Vaters Besserwisserei sei ein ganz und gar unchristlicher Hochmut. Einen Heimatvertriebenen so zu behandeln, sei eine himmelschreiende Sünde. Sind arme Leute, sagte die Mutter, kommen von weit her, haben viel mitgemacht. Gott weiß, was in ihnen steckt. Mutter sagte, Vater dürfe nicht zurückzürnen. Es sei besser zu beten: Vergib uns unsere Schuld, wie auch wir vergeben unseren Schuldigern.

Herr Weißhaupt hatte verschiedene Verbesserungen und Neuerungen vorgeschlagen, die dem Vater aber nie gefielen und die er immer als *Banatlerbrauch* abtat. So schlug Herr Weißhaupt einmal vor, die Schweine nach dem Abstechen nicht mit heißem Wasser abzubrühen, mit Ketten zu *reigeln*, das heißt im heißen Bad mit untergezogenen Ketten im Trog zu wälzen und anschließend mit scharfen Küchen- und Rasiermessern auf der sogenannten Saubank zu schaben und zu rasieren, sondern statt dessen lieber, wie es im Südosten der Brauch sei, das Schwein in Stroh einzuwickeln, das Stroh anzuzünden und auf diese Art die Borsten bis an die Haut zu versengen. Das sei einfacher, meinte Herr Weißhaupt, und außerdem gründlicher, vor allem gründlicher. An den Schwarten der Fleischstücke, die auf den Tisch kamen, waren nämlich immer noch viele unschöne Borsten, die dem Abbrühen und Abschaben widerstanden hatten. Das rührte daher, daß der Weg vom Herd, wo das Wasser über dem Feuer in sogenannten *Kupfern*, großen Häfen, die freilich nicht aus Kupfer, sondern aus einem billigeren Metall waren, erhitzt und gekocht wurde, bis zum Sautrog, dem Ort des Verbrauchs im Innenhof, sehr lang war, sodaß das Wasser dort, wo man mit den randvoll gefüllten schweren Kupfern natürlich nicht schnell laufen konnte, sondern Schritt vor Schritt trippeln mußte, nicht mehr so heiß und siedend ankam, wie es notwendig gewesen wäre. Außerdem war das Feuer im Küchenherd im wesentlichen auf ein Gefäß konzentriert, und die um dieses ausgezeichnet plazierte Gefäß herumstehenden Gefäße bekamen weniger Hitze ab. Auf Grund dieser und anderer Unzulänglichkeiten war das Schwein nie richtig zu enthaaren, und auf der Haut standen hier und da stachelige Borsten. Bekam man beim Essen eine solche Borste in den Rachen oder Hals, verursachte sie einem ein unangenehmes Kratzen und war auch nur schwer und unter starkem Husten wieder herauszubekommen. Als aber Herr Weißhaupt seinen Verbesserungsvorschlag machte, war Vater trotzdem davon nicht angetan, das erschien ihm nicht die Lösung des Problems. Er hörte sich alles an, schüttelte aber öfter den Kopf. Später sagte er, daß er diesen Balkanbrauch lieber nicht einführen möchte, denn er möchte unmittelbar nach dem Abstechen die Schweine ja nicht gleich selchen. Geselcht würden später einzelne Teile nach dem Tranchieren. Aber wer redet denn von Selchen, sagte Herr Weißhaupt, es handle sich bei dieser Methode ja nur um ein jähes Strohfeuer, das die Borsten verbrennt, aber das Fleisch und auch die Haut unberührt läßt. Vater lachte aber und meinte, daß ihm ein solches Vorgehen wie das Verbrennen des Sonnwendhansels vorkomme. Am 24. Juni, dem Fest des heiligen Johannes des Täufers, wurde damals von den Jugendlichen am Land der sogenannte *Sunnenwendhansel*, eine mit Stroh ausgestopfte, einer Vogelscheuche ähnliche Figur, auf einer langen Stange aufgerichtet, angezündet und verbrannt, bevor über das eigentliche Sonnwendfeuer gesprungen wurde. Vater fand noch andere Gründe, warum ihm der Vorschlag des Herrn Weißhaupt sonderbar, lächerlich und nicht tunlich vorkomme. Auch spielte er die Mängel, die durch das lauwarme Wasser bei der alten Methode entstanden, herunter. Dort und da ein Härchen spiele doch wirklich keine Rolle. Diese Großzügigkeit entsprach seiner Art bei der Arbeit und auch im Persönlichen, die mit *schlampig* vielleicht zu negativ, mit *genau* aber unbedingt zu positiv beschrieben wäre. So war er auch selbst immer schlecht rasiert ... Herr Weißhaupt resignierte und sagte nichts mehr. Tut, was ihr wollt, dachte er. Durch den ständigen, oft spöttischen Widerspruch aber, den er in vielem erfuhr, sammelte sich in ihm allmählich eine große Wut an, sodaß es später zu jenem denkwürdigen Zornesausbruch kam, der uns alle so sehr erschreckte. Herr Weiß-

haupt hat unserem Vater sogar Schläge in Aussicht gestellt.
Es zeigte sich aber, daß die Eingeborenen von den *Rumänern*, wie die Heimatvertriebenen auch genannt wurden, ob sie nun aus Rumänien, Bulgarien oder Jugoslawien kamen, doch so manches lernen konnten. Vor allem auf dem Gebiet der Gärtnerei, dem sozusagen edelsten Sektor der Landwirtschaft, zeigten sich die Rumänen als konkurrenzlos. Sie erwiesen sich als wahre Meister im Pflanzen, Ziehen, Zubereiten und Konservieren von Gemüse, Salaten und Früchten und allem, was damit zusammenhing. Ein Rumäner, sagten die Leute, braucht ein Gurkerl nur anschauen, dann wächst es auch schon. Sie haben eine gute Hand für Zwiebel und Knoblauch. Die Rumänen wurden den Leuten wegen ihrer vielen und geheimnisumwitterten gärtnerischen Künste und Praktiken geradezu unheimlich. Es war die Situation ein wenig der im Alten Testament beschriebenen zwischen Kain und Abel ähnlich: Einer macht ein Feuer an, und es brennt und raucht, und der Rauch steigt pfeil- und kerzengerade zum Himmel, das Feuer des anderen aber will und will nicht, es qualmt in die Breite und stinkt mehr als es zum Himmel raucht. Weiß der Herrgott, hieß es, wie die Rumänen das machen, es ist die reinste Hexerei. Als ginge es bei ihnen nicht mit rechten Dingen zu. Jedenfalls ging es bei unserem eigenen angelegten Vorrat an Gemüse, Kompotten und Marmeladen regelmäßig mit dem Teufel zu, wie ich Mutter heute noch über die häufigen Mißerfolge und Rückschläge mit dem Schimmel, mit dem Sauer- und Ranzigwerden, dem Gären, dem Umkippen und Brechen, dem Geschmackverlieren und Verfaulen klagen und jammern höre. Oft hat Mutter gesagt, daß sie die ganze Arbeit beim Einwecken und Einmachen schon verdrießt, weil dabei doch nichts Brauch- und Eßbares herauskomme. Den Rumänen schien alles wie mühelos zu gelingen. Der *Rumäner* ist mit den Gurken aufgewachsen, der *Rumäner* ist mit dem Paprika per du, sagten die Leute. Grüner Paprika war im Landl bis dahin etwas Unerhörtes, auch der Paradeiser führte sich erst allmählich ein, und ähnlich war es auch mit

anderen Pflanzen. Groß war vor allem das Staunen, daß dies alles am Feld gedieh und daß die Rumänen mit ihrer Gärtnerei aus den engen Hausgärten hinaus ins freie Gelände gingen. Einen kleinen Haus- und Prägarten betrachteten die Rumänen allenfalls als ein Gewürzgärtlein, als einen kleinen Vorgarten für ein paar Krenwurzen, die Petersilie und den Schnittlauch.

Nichts hilft mehr als der Erfolg. Die großen Kürbisse und Paradeiser, die Bohnen und die Gurken waren ein meß- und wägbarer Erfolg und ein unwiderlegliches und stichhaltiges Argument. Daß die Fremden auch sonst geschickt und handfertig und darüber hinaus auch umgänglich waren, das zeigte sich, als nach und nach einige von ihnen den Banater Ghettoteich verließen, aus ihrer halb selbstgewählten und halb aufgezwungenen Isolation heraustraten und sich unter das Volk mischten und bei den Einheimischen mitspielten. Das war, was im besonderen das Eisschießen betraf, nicht auf jedem Teich möglich. Es gab ausgesprochen exklusive Moarschaften mit ausgesuchten Einheimischen. Dort wurde meist um teures Geld geschossen, die Schanze etwa um 5 Schilling. Schon dieser Tarif bedeutete den Ausschluß unbegüterter Schützen. Diese Hasardeure unter den Eisschützen hatten es auch nicht gerne, wenn ihnen irgend jemand zusah, der Einsatz verlieh ihrem Spiel etwas Privates und Diskretes. Auf diesem Teich galt das Bankgeheimnis. Daneben existierten aber auch offene Gesellschaften, an denen sich jeder beteiligen konnte, sogar Banater. Hier spielte die Herkunft für die bloße Teilnahme keine Rolle, wenn auch alles, was ein nicht zur landläufigen Bevölkerung gehörendes Individuum vollbringt, immer und sofort mit seinem Außenseitertum in Zusammenhang gebracht wird. Wenn also ein Banater gut oder schlecht schoß, dann wunderte man sich in jedem Fall, entweder weil oder obwohl er doch ein Banater war. Das ist eine geläufige Erscheinung der Sozialisation, ein Fremd- oder Gastarbeiter kann ja heutzutage auch keinen Autounfall als normaler, das heißt schwacher Mensch verursachen, er verursacht ihn immer als Fremd- oder Gastarbeiter. Alles was er

Gutes und vor allem Böses tut, tut er in seiner Eigenschaft als Fremder. Wichtiger als sein Eigenname ist in der Berichterstattung über seine Untaten sein gesellschaftlicher Ausnahmezustand.
Mitmischen und Mitspielen haben in jedem Fall die Eingliederung der Flüchtlinge beschleunigt. Die Fremdenangst verlangt darüber hinaus eine gewisse Kraft, eine permanente neurotische Energie, die aber allmählich wie die Spannung einer altgewordenen Batterie auch nachläßt. So wird Assimilation möglich. Widerstände gegen ein reibungsloses Zusammenleben gab es bei der Mehrheit und bei der Minderheit aber weiterhin genug. Als unser Knecht um das Jahr 1947 ein schönes sudetendeutsches Mädchen heiratete, war die Enttäuschung seiner Eltern groß. Ehen wurden nach altem Väterbrauch hierzulande von den Eltern organisiert und immer noch, jedenfalls bei den Besitzenden, nach vernünftigen, das heißt wirtschaftlichen Gesichtspunkten der Mitgift und der Erbschaft geschlossen. Eine Verbindung zwischen einem Besitzenden und einer Habenichts oder auch zwischen einem einheimischen Habenichts und einem besitzlosen Flüchtling, wie im Falle unseres Knechtes, galt als ausgesprochener Fehl- und Mißgriff. Da das Mädchen besonders rassig war, war diese Verbindung auch noch das öffentliche Eingeständnis der nackten Lust... Hier war offenbar Erotik die Triebfeder, was den Fall zur schieren Sünde verschlimmerte. Ich habe als Kind das viel gesungene Lied *Fein sein, beinander bleiben* immer als *fein bleiben* und *unter sich bleiben* verstanden, so wie es die Reichen auf ihrem Teich hielten.
*Mag es regnen oder wittern oder abherschneiben.*

## Sternsinger

Damals war das Recht des Sternsingens bei den ärmeren Familien. Da die Heiligen Drei Könige heutzutage ja nicht wie ihre biblischen Vorbilder Kaspar, Melchior und Balthasar Geschenke, Gold, Weihrauch und Myrrhe bringen, sondern im Gegenteil milde Gaben heischen und etwas abholen, Almosen und Trinkgelder, bedeutete dieses Recht eine Art Sozialhilfe, ein Privileg für Unterprivilegierte. So wie jeder Handwerker seinen festgesetzten Rayon und sein begrenztes Ausgehgebiet hatte, so hatten auch die Sternsinger ihren umschriebenen Geschäftsbereich.

Sternsingen war zwar kein Sakrament, aber doch ein frommer Brauch, der im Gemeinschaftsleben einen festen Platz hatte. Waren die Sternsinger schon bei euch? Das war eine Frage wie nach dem Datum oder etwas Naturgegebenem. Die Sternsinger hatten ihr *Geu*, wie es hieß. *Ins Geu kommen* aber, was soviel bedeutete wie in ein *fremdes* Gebiet gehen, also hinausgrasen, war auf jeden Fall verpönt, wenn es auch nicht geahndet wurde. Dieselben Familien, denen das Sternsingen gegeben war, erbrachten im Laufe des Kirchenjahres noch andere und ähnliche Dienstleistungen. Sie waren es meist auch, die die sogenannten *Palmbuschen* herstellten und banden. Sie trugen sie am Palmsonntag in die Kirche, ließen sie weihen und brachten sie dann in die Häuser ihres Geus, wofür sie bezahlt wurden. Die Palmbuschen wurden in den Stuben und Kammern hinter die Kruzifixe, aber auch auf den Feldern in die frischen Saaten gesteckt. Am Nachmittag des Ostersonntags gingen die Bauern auf die Felder die Palmbuschen ausstecken. Man konnte um diese Zeit auch bereits genau sehen, wie sich der Winter auf die Saat ausgewirkt hatte, und Vorhersagen über die kommende Ernte treffen.

Die Heiligen Drei Könige meiner Erinnerung waren alles andere als stilecht angezogen, sie waren vielmehr abenteuerlich verkleidet. Sie waren in allem fremd und seltsam, kamen, was die Mode betraf, sichtlich von weit her. Wie viel aber an Verfremdung läßt sich erzielen durch bloßes Wenden eines Rockes, sodaß das Futter nach außen kommt! Mancher König glich, die Krone ausgenommen, ziemlich genau dem heiligen Nikolaus. Die Schwierigkeiten bei der Kleidung kamen zum Teil von der Witterung und dem kontinentalen Klima. Es war oft fürchterlich kalt, sodaß die morgenländische Kostümierung durch abendländische und winterfeste Stücke wie Schals, Pullover, Pelzstiefel und Pelzmützen statt der phrygischen Kappen oder Kronen ergänzt werden mußte. Mancher trug auch über dem glitzernden Königsornat einen Hubertusmantel oder unter der Krone seine schwarzen Ohrenschützer, was natürlich den orientalischen Gesamteindruck beeinträchtigte. Auch das Lied- und Spruchgut unserer Heiligen Drei Könige war sehr bunt und gemischt. Der Eindrucksvollste war natürlich der schwarze Kaspar. Er war noch ein richtiger Mohr, nicht bloß ein Neger. Er war der Magischste unter den Magiern, anziehend und abstoßend und furchterregend zugleich. Mancher Kaspar mißverstand seine Rolle auch und schwärzte mit seiner rußigen Hand die Hausleute an. Daraus entstand manchmal kein geringer Tumult, daß man meinte, wir schrieben den 6. Dezember und nicht den 6. Jänner.

Daß ein Schwarzer König sein sollte, kam mir damals schon unwahrscheinlich vor. An der Krippe der Pfarrkirche stand außerhalb der Umzäunung ein kleiner Mohrenknabe aus Porzellan, er stand auf einer Sammelbüchse und hatte vor der Brust in seinen Händen eine Art Korb, der einen Schlitz zum Einwerfen von Münzen aufwies. Warf man aber eine Münze in diese Öffnung, so nickte der kleine Neger mit dem Kopf und bedankte sich im Namen der Mission artig für die Spende. Ich konnte mich an dieser Puppe nicht sattsehen, und ich habe dort nicht wenig geopfert, nur um den Nicker danken zu sehen. Daß es die Schwarzen in dieser Welt schwerer als die Weißen hatten, dafür fand man auch Anschauungsunterricht und Beispiele bei den amerikanischen Besatzungssoldaten. Auch ein Kind konnte schon an den Uniformen ersehen, wer bei ihnen das Sagen hatte. Wir haben die Sterne gesehen. An den Sternen erkannte man, wer hier die Kaiser waren. Zur Sommerszeit haben wir oft für weiße Soldaten Regenwürmer gesucht, wenn sie fischen kamen, wofür wir mit Schokolade belohnt wurden.

Regenwürmer für die Fische, Schokolade als Köder für uns Buben. *Blis gif mi sam dschoggelid* sagten wir zu den Ameri-

kanern. Vater sagte damals, daß die Neger, von denen wir beim Einmarsch viele sahen, nun wieder abgezogen und im Korea-Krieg eingesetzt werden. Die Schwarzen sind sehr gut im Kämpfen, sagte er, zum bloßen Besetzen, zum Herumsitzen und Fischen aber tun es Weiße auch. Er sagte, daß die Neger deshalb so gut kämpfen können, weil sie nichts zu verlieren haben.
Um Heilige Drei Könige herrschte nach den Messen bei der Krippe oft ein größeres Gedränge als am Weihnachtstag. Plötzlich wurde die Krippe am rechten Seitenaltar, die man schon ein wenig vergessen hatte, wieder und noch einmal hochinteressant und attraktiv. Dabei waren es nicht nur die Magier selbst, sondern vor allem ihre Reittiere, die die Kinder magisch anzogen, das Kamel, der Elefant und das Pferd; was waren, verglichen mit diesen tierischen Exoten und Ungeheuern, Elefanten und Kamelen, die kleinen Ochs und Esel, wirklich nur Ochs und Esel. Ich hatte solche Tiere nie in Natur gesehen, den ersten Circus mit fremden Tieren erlebten wir wohl um das Jahr 1950 in Wels. Die Tiere der Krippe wurden von kleinen Halterbuben gehütet oder an Zäumen gehalten. Ich versetzte mich an ihre Stelle und stellte mir diesen Dienst sehr gefährlich vor. Mir war einmal im Herbst, als wir täglich am Morgen die Kühe auf die Weide und abends zurück in den Stall führten, eine Kuh auf den Fuß getreten, und es hatte entsetzlich weh getan. Wir schimpften störrische Kühe als *Trampeltiere*, hier handelte es sich aber um ein wirkliches Trampeltier! Überhaupt hatte ich die großen Tiere als etwas sehr Gefährliches und Widerspenstiges erlebt. Nur die Ochsen schienen von einer unerklärlichen Geduld und Sanftmut. Es gab damals einen einzigen Bauern – er hieß mit Hausnamen Hamel –, der mit Ochsen wöchentlich von weither in Vaters Mühle kam. Und oft hörte ich die Zugkraft seiner Ochsen von verschiedenen Leuten rühmen. Er und seine Ochsen wurden immer dann geholt, wenn alle anderen Bauern mit ihren Pferden am Ende waren und alle Stricke rissen, wenn etwa die Dreschmaschine in einen Graben gefallen oder im Morast steckengeblieben war. Mit Ochsen, sagte der

Vater, kannst du die Dreschmaschine oder den Dampfer aus der Hölle herausholen. Die Rösser *reißen*, sagte er, aber die Ochsen *ziehen*. Die Ochsen arbeiten wie eine Winde, hieß es, sie prellen nicht drein, sondern spannen langsam die Seile und ziehen dann unwiderstehlich wie eine Schraube. Ich rätselte über das Geheimnis der Ochsen, ich hielt sie neben den Kühen und Stieren für eine eigene tierische Rasse, bis ich, gewitzigt durch entsprechende Erfahrungen bei unseren Pferden, erkannte, was man ihnen angetan und wie man sich die Trauer im Auge des Ochsen erklären mußte. Hamels Ochsen, sagten die Leute, haben mehrfache Pferdestärken, schade nur, daß Ochsen so langsam sind, hieß es. Mit meinem Gymnasiumswissen aus der Physik erklärte ich mir später die Sache so, daß Ochsen zwar Arbeit, aber wenig Leistung, also Arbeit in der Zeit, vollbringen. Ein anderer Bauer hatte einmal versucht, Stiere abzurichten und einzuspannen. Das hat sich aber als undurchführbar erwiesen. Ein Stier, hieß es, arbeitet so lange, bis er eine Kuh sieht. Spätestens dann aber ist Endstation; wenn ein Stier das Weibchen schnuppert, legt er die Arbeit auf der Stelle nieder und spannt sich selbst aus. Feierabend! Gegen den Trieb helfen auch keine Scheuklappen. Du sollst einem Ochsen, der da drischt, nicht das Maul verbinden, liest man im Alten Testament. Ähnlich war es auch bei den Pferden, wo ebenfalls nur die verschnittenen Wallache zu einer ordentlichen Arbeit zu gebrauchen waren, Stuten und Hengste aber meistens auch etwas anderes im Kopf und im Blut hatten.

Nach dem Krieg blühte ein schwunghafter Pferdehandel. Nach Beendigung der Kriegshandlungen waren viele Militärpferde sozusagen brotlos geworden, sie wurden nun auf den Markt geworfen und waren relativ billig zu haben. Es zeigte sich aber, daß viele dieser Pferde für die Landwirtschaft untauglich waren. Sie waren zu Reitpferden dressiert und konnten dem friedlichen Dienst bei einem Bauern hinter dem Pflug nichts abgewinnen. Nachdem sie hohe Offiziere und vielleicht Herren vom Generalstab geritten hatten, verschmähten sie nun den Landbau. Die Frage, ob ein Roß beim

Militär gedient hatte, war beim Pferdehandel nach 1945 eine ganz wichtige. Wer diese Vergangenheit verschwieg, war ein Roßtäuscher. Im Krieg wurden bei den Bauern auch Pferde requiriert. Nachdem sie aber beim Militär gewesen, waren sie, wenn sie nicht ohnedies umkamen, für die Landwirtschaft verloren. Unvorsichtigerweise kaufte Vater 1946 aus der Konkursmasse des Dritten Reiches ein solches Pferd, es war eine Braune, schön anzusehen, aber für unsere Zwecke nicht zu gebrauchen, wie sich herausstellte. Es begann damit, daß sich die Stute nicht einschirren lassen wollte. Als sie Kiss und Kummet endlich nach vielen Drohungen und Schlägen am Nacken trug, ging sie um nichts in der Welt zur Deichsel. Als man sie auch dorthin geprügelt und eingespannt hatte, schoß sie, ohne auf einen Zuruf zu warten, unvermittelt los, sodaß der Knecht eben noch auf den Bock des Gasselschlittens springen konnte. Der Knecht hatte, als er später von dieser Fahrt über Stock und Stein quer durch das Land, ohne Rücksicht auf Straßen und Gräben, Äcker und Wiesen, zu Fuß zurückkam und berichtete, noch immer das Entsetzen in den Augen; so eine Höllenfahrt war ihm noch nicht untergekommen. Mit diesem verdammten Krüppel, sagte er zum Vater, kannst du selbst fahren, mich bringst du nicht mit zehn Rössern mehr dazu. Er lasse sich nicht umbringen und sei kein Selbstmörder. Der elegante Gasselschlitten aber war nur noch eine Ruine. So verkaufte Vater die Stute wieder mit Verlust. Es war schwer, überhaupt einen Käufer aufzutreiben. Reitpferde waren nicht gefragt, die Leute hatten nach dem Umbruch andere Sorgen als Herrenreiten. Und einen Dummen, der, wie einst er selbst, der Meinung war, man könnte ein Militärpferd umerziehen, sozusagen entnazifizieren, fand der Vater leider nicht. Seine Vergangenheit ließ sich nicht mehr bewältigen.

Es ist eine Frage wert, wie eigentlich der Ochs in den Stall von Bethlehem kommt. Nur einer der Evangelisten berichtet ausführlicher über Christi Geburt, der heilige Lukas. Bei ihm ist (wie auch am Rande bei Matthäus) von einem Stall die Rede, aber nicht von irgendwelchen Tieren. Kann es sein, daß

sich in der Belegung des Stalls der Krippen durch den Ochsen die spätere Moraltheologie, insbesondere die kirchliche Geschlechtsmoral meldet? Wo liegt der Grund für die entsexualisierte Umgebung und dafür, daß kein Bulle, sondern nur der neutrale Ochs für würdig befunden wurde, im Stall zu stehen?
Menschen und Tiere darf man nicht vergleichen, man darf sich aber an Matthäus 19,12 erinnern: »Nicht alle fassen dies, sondern nur die, denen das Verständnis dafür gegeben ist. Es gibt Ehelose, die vom Mutterschoß an so geschaffen sind; und es gibt Ehelose, die von den Menschen dazu gemacht sind; und es gibt Ehelose, die um des Himmelreiches willen der Ehe entsagen. Wer es fassen kann, der fasse es.« Ausgehend von dieser Stelle hat sich der Kirchenvater Origenes, der übrigens die in der Bibel unbestimmte Zahl der Weisen aus dem Morgenland wegen der drei Gaben auf drei festsetzte, der bedeutendste Lehrer der frühen griechischen Kirche, in asketischem Übereifer Anfang des 3. Jahrhunderts bekanntlich selbst entmannt. Einer meiner Geschichtslehrer am Gymnasium hat uns dieses historische Faktum mit aufklärerischem und genüßlichem Spott berichtet. Wir aber konnten es nicht fassen. Ohne Zweifel ist das Verschneiden heute kein gangbarer Weg zur Nachfolge Christi mehr. Aber gleichwohl gilt sicher auch heute wie damals: Die Freiheit und das Himmelreich gewinnen keine Halben. Dafür bedarf es der radikalen Lebensentscheidung und der Zäsur: Du mußt dein Leben ändern. Der große Origenes, der eine *Exhortatio ad martyrium*, eine »Aufforderung zum Martyrium«, verfaßte, tat nach seinem antiken Verständnis tatsächlich das *Einschneidende*. Manchem Lehrer aber, der sicher nicht das intellektuelle Niveau des großen Erziehers Origenes erreicht und auf unwissende Schüler losgelassen wird und seinen oberflächlichen Unernst verbreitet, möchte man mit Freidanks »Bescheidenheit« zurufen: *Kommt ein Ochse in fremdes Land, wird er doch für ein Rind erkannt!* So wie mich als Kind die Elefanten und Kamele der Krippe lebhaft beschäftigten, so beschäftigte und interessierte mich bei meinen Wiener

Geschichtsstudien der Elefanten- und Kamelliebhaber Friedrich II., der Hohenstaufenkaiser, der ein großer Freund der morgenländischen Welt gewesen ist und sich bei den Heiligen Drei Königen viel abgeschaut hat. Aus dem Jahre 1241 wird beispielsweise berichtet, daß er im Kloster San Zeno zu Verona einkehrte und einen Elefanten, 24 Kamele und 5 Leoparden mitbrachte, »nicht zur Freude der gastfreundlichen Mönche«. Der Franziskaner Salimbene wieder schreibt über das Jahr 1235, daß der Viehnarr und Zoologe Friedrich mit einem Elefanten, mehreren Dromedaren und Kamelen, vielen Leoparden, Gerfalken und Adlern durch Parma gezogen sei. Vor allem ist immer die Rede von einem Lieblingselefanten, den Friedrich, wie einst Hannibal in umgekehrter Richtung, sogar über die Alpen brachte. Auch der Tod dieses majestätischen Dickhäuters in Cremona im Jahre 1249 wird mitgeteilt. Liest man aber Friedrichs eigene Briefe, so hat man oft den Eindruck, als habe er sich neben seinen großen Säugern mit seinen Gerfalken, seinen weißen Bären, seinen Luchsen, seinen bärtigen Uhus, seinen Weihen und Sperbern sowie der Entlohnung seiner vielen Tierbändiger, sarazenischen Dompteure und arabischen Falkner mehr abgegeben als mit der hohen Politik. Jahrelang, schreibt er selbst, habe ihn sein Buch über die Beizjagd, »De arte venandi cum avibus«, beschäftigt, in dem er sich nicht scheut, sogar die oberste Autorität Aristoteles mit genauen Angaben über seine eigenen exakten Tierbeobachtungen entschieden zu korrigieren. *Quod licet Iovi non licet bovi,* was Jupiter erlaubt ist, ist deshalb noch nicht auch einem Ochsen gestattet: Friedrich vergleicht Tiere und Menschen! Er vergleicht sich selbst mit dem Leittier beim Vogelzug und nennt andererseits den Leithammel einen *Herzog*, lateinisch *dux*. Er hat, seiner hohen Meinung von seinem eigenen Amt entsprechend, auch auf die Ordnung im Tierreich zu achten. Nur so kann man es verstehen, wenn über ihn in den »Hundert Novellen« mitgeteilt wird, wie er einen Falken zum Tode verurteilte:

»Der Kaiser Friedrich ging einmal auf die Falkenjagd, und er hatte einen ganz ausgezeichneten Falken, den er mehr als eine

Stadt schätzte. Er ließ ihn auf einen Kranich los; der aber stieg hoch. Der Falke flog noch viel höher als er. Er sah unter sich einen jungen Adler; er stieß auf ihn, daß er zu Boden stürzte, und hielt ihn so lange, bis er tot war. Der Kaiser lief hin in der Meinung, es sei ein Kranich; er fand, wie es war. Da rief er zornig seinen Scharfrichter herbei und befahl ihm, dem Falken den Kopf abzuhauen, weil er seinen Herrn getötet hatte.«

So rächt ein Kaiser den König der Lüfte. Es wundert mich nicht, daß dieser Friedrich den Zeitgenossen unberechenbar und unheimlich vorgekommen ist. Dem Papst aber erschien dieser Elefantennarr mit seinem Tierkult als der Antichrist in Person, er verfolgte ihn darum mit Acht und Bann. Er war für ihn kein heiliger König. Er nannte ihn sinngemäß den Affen des Teufels, die Ratte der Niedertracht, den Ochsen im Rathaus ... Wegen angeblicher grausamer Versuche, die der Kaiser mit Kindern anstellte, die er in Höhlen aussetzen ließ, um ihre Entwicklung und ihr Verhalten beobachten und erforschen zu können, nannten ihn die Geschichtsschreiber auch Herodes, nach dem Mörder der unschuldigen Kinder.

Immer wieder ertönt in der Geschichtswissenschaft der mahnende Ruf *Ad fontes!* Folgen wir diesem Ruf zu den Ursprüngen und lesen wir den kurzen Text des Evangelisten Matthäus (in der originalen Übersetzung Martin Luthers), die Quelle, aus der alles kommt und fließt:

»Da Jhesus geborn war zu Bethlehem / im Jüdischenlande zur zeit des königes Herodis / Sihe / da kamen die Weisen vom Morgenland gen Jerusalem / vnd sprachen / Wo ist der newgeborne König der Jüden? Wir haben seinen Sternen gesehen im Morgenland / vnd sind komen jn an zu beten.

Da das der könig Herodes hörete / erschrack er / vnd mit jm das gantze Jerusalem / Vnd lies versamlen alle Hohepriester vnd Schrifftgelerten vnter dem Volck / vnd erforschete von jnen / Wo Christus solt geborn werden? Vnd sie sagten jm / Zu Bethlehem im Jüdischenlande / Denn also stehet geschrieben durch den Propheten. VND DU BETHLEHEM IM JÜDISCHENLANDE / BIST MIT NICHTE DIE KLEINEST VNTER DEN FÜRSTEN JUDA. DENN AUS DIR SOL MIR KOMEN /

DER HERTZOG / DER VBER MEIN VOLCK ISRAEL EIN HERR SEY.
Da berieff Herodes die Weisen heimlich / vnd erlernet mit vleis von jnen / Wenn der Stern erschienen were? Vnd weisete sie gen Bethlehem / vnd sprach / Ziehet hin / vnd forschet vleissig nach dem Kindlin / Vnd wenn jrs findet / saget mirs wider / Das ich auch kome / vnd es anbete.
Als sie nu den König gehört hatten / zogen sie hin. Vnd sihe / der Stern den sie im Morgenland gesehen hatten / gieng fur jnen hin / Bis das er kam / vnd stund oben vber / da das Kindlein war. Da sie den Stern sahen / wurden sie hoch erfrewet / Vnd giengen in das Haus / und funden das Kindlin mit Maria seiner mutter / vnd fielen nider / vnd betten es an / Vnd theten jre Schetze auff / vnd schenckten jm Gold / Weyrauch vnd Myrrhen. Vnd Gott befalh jnen im trawm das sie sich nicht solten wider zu Herodes lencken / Vnd zogen durch einen andern weg wider in jr Land.«
Soweit die Worte der Frohbotschaft. Zwei Stellen daraus kommentiert Luther. Einmal erwähnt er, daß es sich bei dem Propheten, der Bethlehem vorausblickend als nicht die *kleinest* unter den jüdischen Städten preist, um Michea handelt. Und zweitens erklärt er das Wort *Weisen: Die S. Mattheus Magos nennet / sind Naturkündige und Priester gewesen*. Das erste ist eine Belehrung und Erklärung, das zweite eine Klar- und Richtigstellung, die der Theologe Luther sicher nicht zu Unrecht für notwendig gehalten hat. Das Volk hat bekanntlich gewisse Lieblingsmißverständnisse, an denen es unbeirrt, trotz jahrtausendelanger Bemühungen von Predigern, festhält. So sind etwa die Armen im Geiste, die Christus in seiner Bergpredigt seligpreist, nach der Volksmeinung die Geisteskranken, was nicht gemeint ist, wenn es der Seligpreisung auch durchaus einen guten Sinn gibt. Was aber ist nicht aus den *Magiern* des heiligen Matthäus in Volksglauben und Volksfrömmigkeit geworden! Aus Philosophen und Astrologen wurden Könige, an denen man auch einen Hinweis und eine göttliche Vorliebe für die Monarchie ablesen wollte. Bekanntlich aber handelt es sich um keine *Könige*, und es

waren auch nicht unbedingt *drei*, wie Origenes aus der Dreizahl der angeführten Gaben erschloß. Auch als *Heilige* werden sie weder in der Bibel noch in den Apokryphen oder im Martyrologium, dem römischen Heiligenkalender, ursprünglich genannt. Sie heißen auch dort nur *Magier*. Ihre Namen aber, die wir, abgekürzt, heute noch zwischen den geteilten Jahreszahlen an die Türpfosten schreiben (19–K–M–B–79), haben sie erst im 9. Jahrhundert erhalten. So feiern wir am 6. Jänner die *Heiligen Drei Könige*, die streng nach dem Zeugnis der Schriften weder *heilig* noch *drei* noch *Könige* waren. Sonst ist alles richtig.

Weiß Gott, wem die Knochen wirklich gehörten, die der umstrittene Erzbischof und Reichskanzler Rainald von Dassel, der Ratgeber Friedrichs I., Barbarossas, 1164 von Mailand nach Köln bringen ließ und die als die Gebeine der Heiligen Drei Könige gelten. Rainald von Dassel scheint es mit der Heiligkeit von Königen an sich nicht so genau genommen zu haben. Ihm ist ja auch die Heiligsprechung Karls des Großen vom Dezember 1165 zu verdanken, die später, da sie in der Zeit des Schismas und unter dem Gegenpapst Paschalis III. zustande kam, widerrufen und zurückgenommen wurde. Nur in der Diözese Aachen darf man sich Karls als eines *Beatus*, das heißt Seligen, erinnern. Ich schließe mich aber als Linzer gerne an. Noch heute gibt es einige Drei-Königs-Patrozinien entlang der alten Translationsstraße, des Überführungsweges der Skelette von Mailand über Chur nach Köln. Martin Luther stand dem Wunderglauben skeptisch und ablehnend gegenüber, was bei den vielen Auswüchsen des Reliquienkultes wirklich kein Wunder war.

Auswüchse gab es natürlich auch bei den Volksbräuchen um das Sternsingen. Die Sternsinger, die in meiner Kindheit von Hof zu Hof und von Haus zu Haus durch die verschneite Landschaft stapften (oder bei mildem und schneelosem Wetter manchmal mit dem Rad, dem sogenannten Drahtesel, fuhren), haben Schnaps und Most zu trinken bekommen, sodaß sie abends oft schon betrunken waren und ihr *Die haülign drei Kinign hand do* und ihre Neujahrswünsche mehr lallend als

feierlich singend vortrugen. Wegen der Trinkerei mußten sie unterwegs auch ständig austreten. Es machte aber kein schönes Bild, wenn man immer wieder nach den Hausbesuchen die drei Könige am Straßenrand stehen und umständlich in ihren vielen Kleidern wühlen und etwas suchen sah, um dann mit dem Gefundenen gelb in den Schnee zu zeichnen.
So kann es nicht weitergehen, sagte der Pfarrer in einer Predigt, das Sternsingen sei in seinen Augen kein frommer Brauch mehr, sondern zu einem unwürdigen Mummenschanz geworden. Er sei jedoch willens, den heidnischen Herumtreibern das Handwerk zu legen und dem Mißbrauch ein Ende zu machen. Kurze Zeit später nahm die Kirche die *missio canonica*, die kirchliche Sendung und Erlaubnis, zurück und das Sternsingen ganz in ihre eigene Regie. Seither übt die Katholische Jungschar, Buben und Mädchen, den Brauch des Sternsingens und sammelt Spenden für Weltmission und Entwicklungshilfe.

## Königsberg und Innsbruck oder: Der Skilauf, von der hohen Warte des deutschen Idealismus gesehen

*Daß alle unsere Erkenntnis mit der Erfahrung anfange, daran ist gar kein Zweifel, denn wodurch sollte das Erkenntnisvermögen sonst zur Ausübung erweckt werden, geschähe es nicht durch Gegenstände, die unsere Sinne rühren und teils von selbst Vorstellungen bewirken, teils unsere Verstandestätigkeit in Bewegung bringen, diese zu vergleichen, sie zu verknüpfen oder zu trennen, und so den rohen Stoff sinnlicher Eindrücke zu einer Erkenntnis der Gegenstände zu verarbeiten, die Erfahrung heißt?*

Steht nun hier und jetzt die menschliche Bewegung mit Zuhilfe des Vehikels der sogenannten Skier zur Erörterung, so wird der kritische Verstand in der Erkenntnis der einschlägigen Erscheinungen und ihrer Flucht alsbald einen allgemeinen und besonderen Teil von Phänomenen zu unterscheiden imstande sein. Sehen wir zum Beispiel auf den Unglücksfall des Mißlingens jener Fortbewegung als dem sogenannten *Sturz*. Wird nicht der in den Schnee Stürzende seinen *Sturz* als eine Specialität des allgemeinen *Falles* erkennen? Verhält uns nicht unsere Vernunft, im Sturz einen Anteil *vor aller Erfahrung* und einen solchen *aus* oder *nach der Erfahrung* zu erblicken? So beschreiben wir das Apriori des Mißlingens des Skilaufes geradewegs mit dem Begriff *Fall* und benennen die Causalität des *Falles* als *Schwerkraft* oder *Gravitation*, worunter wir keine eigentliche *Kraft*, sondern die träge Neigung alles Bewegten zum Stillstande und den Drang des Höheren und Erhobenen, sich in der Tiefe, im Ebenen und Flachen zu beruhigen, verstehen wollen. So ist denn das Apriori jeden Sturzes ein generelles Fallgesetz, von welchem noch keine Ausnahme gefunden. Doch kommt zur Erkenntnis des Apriori des *Sturzes* als *Fall* auch eine große Post von Voraussetzungen, die aus der Natur des Menschen selbst abgeleitet werden können. Als die größte Schwäche des Menschen muß in diesem Verstande seine Endlichkeit angesehen werden. Hierin gründet denn auch der *Sturz*, der als die hauptsächliche Art, die Bewegung der Fahrt zu beenden, gelten muß. So möge hier vor allem er, der Sturz nämlich, unsere Verstandestätigkeit in Bewegung setzen.

Ich habe manchmal selbst winterszeit vor den Toren unserer Stadt, hauptsächlich auf dem Hohen Königsberg, unsere Jugend lange beim Skilaufen beobachtet und aus meinen müßigen Beobachtungen im Hinblicke auf die angezogene *Endlichkeit* des Menschen als eines Haupthindernisses für eine fehler- und sturzfreie Fahrt den Schluß gezogen, daß sich die Stürze gegen Abend significant vermehrten. Ich erkläre diesen Umstand dahin, daß die Kategorie der Zeit die angeborene Schwäche des Menschen erhöht und zur klaren Erscheinung bringt. Wir können im Horizonte dieser Wahrnehmung eine *Ermüdung* als die Antwort der menschlichen Endlichkeit auf den Factor der Zeit betrachten, den Skilauf insgesamt

aber als den im letzten vergeblichen, ja von vorneherein (a priori) zum Scheitern verurteilten Versuch, die natürliche Schwäche der Endlichkeit zu überwinden, dessen bloß interimistischer Erfolg als evident auf allen Händen liegt.
Freilich erfährt die Universalie der menschlichen Endlichkeit, der sowohl körperlichen als auch seelisch-geistigen Beschränktheit, in den einzelnen Individuen ihre specifische Ausprägung, wobei ich bei Beobachtung der akademischen Jugend gerade in Erfahrung gebracht, daß jene Studenten, die mir von meinen geographischen Seminaren her als die im Geistigen und Philosophischen Wendigeren und Interessierteren bekannt waren, hier ihrer Endlichkeit schneller und schmerzlicher Tribut gezollt, das heißt öfter und schwerer und auch schon am frühen Nachmittage gestürzt, während die im geistigen Geschehen unserer Universität eher abseits Stehenden und Unbeweglicheren hier beim Skifahren auf dem Hohen Königsberg als die Tüchtigeren erschienen. Einige dieser jungen Menschen ließen, ansehnlich und schnell und zugleich ausdauernd gleitend, vorübergehend den seinsgemäßen Mangel der Begrenztheit unserer Natur geradezu vergessen. Namentlich habe ich einen externen Studenten aus dem österreichischen Alpenland diesbezüglich in der besten Erinnerung, dessen Fahrweise mich an die alte klassische Redensart *wie ein junger Gott* erinnerte, in welchem Worte die Alten den Eindruck jener beglückenden Freiheit vom irdischen Zwang in der hypostasierten Gottheit zum unvergleichlichen sprachlichen Ausdrucke brachten. Gerade aber diesen österreichischen Studenten hatte ich von unserem akademischen Lehrbetriebe in der allerunvorteilhaftesten Erinnerung. Nach meinen Erfahrungen mit österreichischen und alpenländischen Studenten muß ich leider annehmen, daß dort unten im Süden die Berge so hoch wie die Philosophie und der Geist flach und tiefstehend seien. Aus Innsbruck wurde mir Kunde, daß die Studenten dortselbst mehr auf den umliegenden Bergen als in den Kollegien der Herren Professoren anzutreffen seien, ja darüber hinaus, daß im Wintersemester selbst das Lehrpersonal Forschung und Lehre For-

schung und Lehre sein lasse, und, statt die ontologische Differenz zu bedenken, in die Berge steige. *Transzendenz* und *transzendental*, schreibt mir ein unglücklicher Kollege aus Innsbruck, werden dortzulande mit dem Übersteigen von Bergen verwechselt. Auch sei es zu einer völligen Umwertung aller Werte gekommen, daß selbst von der akademischen Jugend nicht mehr die großen Dichter und Weltweisen, sondern einige muskuleuse, aber geistig inferiore Skiläufer als die nationalen Vorbilder betrachtet, und ihnen nachgeeifert werde. So habe denn die geisteswissenschaftliche Facultät sogar schon die Lächerlichkeit einer Lehrkanzel für Leibeserziehung erwogen! Wenn ich meinem unglücklichen österreichischen Kollegen trauen darf, wofür ich gute Gründe habe, weil ich in ihm einen treuen Anhänger unseres deutschen Idealismus weiß, (was ihn freilich in jenem hedonistischen und epikureischen Land der Phäaken wie einen seltsamen Fremdling und Heiligen erscheinen läßt) so treibt diese an und für sich unschuldige und heitere Freizeitbeschäftigung schon die seltsamsten Blüten. So hätten es einige Skifahrer durch ständige Übung bereits dahin gebracht, daß ihnen die gegebenen Schwierigkeiten, die das Gelände und die menschliche psycho-physische Natur der Bewegung mit Skiern entgegensetzen, nicht mehr genügen, sodaß sie diese durch freiwillig eingegangene Restrictionen, Nachteile und Fesseln künstlich erhöhen und verstärken. Der Herr Kollege bezeichnet dies in den Worten meiner »Kritik der reinen Vernunft« als das Spiel mit der »Möglichkeit der Kausalität durch Freiheit in Vereinigung mit dem allgemeinen Gesetz der Naturnotwendigkeit«. Durch die Unbändigkeit ihrer Fahrweise brächten diese Verwegenen immer wieder sich und andere in die größte Gefahr. Sie verschlössen sich ganz und gar dem kategorischen Imperativ des Skilaufs: Fahre so, daß die Maximen deiner Fahrt jederzeit zugleich als Prinzip einer allgemeinen Verkehrsordnung gelten könnten. Die Folge dieses schrecklichen Übermutes sei aber nun, daß es zu vielen verheerenden Unfällen komme, weil sich die menschliche Natur räche, wie ja einsichtigerweise jener, der die Möglichkeiten seiner Natur ausloten wolle, ihre Grenzen immer wieder auch überschreite und hart anstoße, und Hochmut, entsprechend einer alten Spruchweisheit, vor dem Fall (Sturz) komme. So seien die Spitalbetten der Stadt Innsbruck angefüllt mit Menschen, die an ihrem eigenen Leib nicht nur die Grenzen ihrer Möglichkeiten, sondern darüber hinaus die *Bedingung der Möglichkeit* selbst erfahren und erlitten hätten. Der desolate Herr Kollege schreibt mir in einer etwas eigenartigen und absonderlichen, aber als Metapher doch einsichtigen Formulierung, der Sturz sei alles, was beim Skilaufen der Fall sei.

Aber sei dem nun in Österreich wie immer. Kehren wir zu unserer Aufgabe und zu unserem Gedanken zurück. Ich wurde durch Erfahrung, sohin a posteriori, belehrt, daß man aus der Häufigkeit, mit der eine sportliche Fähigkeit mit einer intellektuellen Unfähigkeit einhergeht, nicht im Umkehrschluß von einem praktischen Mangel auf eine theoretische und analytische Stärke schließen dürfe. Damit erkennen wir den Zusammenhang zwischen dem einen und dem anderen nicht von einer höheren Vernunft als etwa der Entelechie gesteuert, sondern in die Beliebigkeit des je Einzelnen und Jeweiligen gegeben. Der Sturz aber, den wir nach dem alten Grundsatz: *pathologia illustrat physiologiam* in Betrachtung genommen haben, kann nicht für den Skilauf selbst gehalten werden. Der theoretische Nutzen einer solchen negativen Betrachtungsweise der Bewegung wird freilich darin erfahren, daß im Sturz das Skifahren an sein Ende gebracht und *definiert* wird und als negative Verwirklichung des an und für sich und prinzipiell Möglichen deutlich zur Anschauung kommt. Wir würden freilich selbst in unserer Gedankenbewegung scheitern, würden wir das Stürzen als die Falsifikation des Skilaufs darstellen. Dieses wäre so wenig angängig, wie es unangebracht ist, den Tod, der doch nur der Vernichter der Lebenden und Seienden ist, für den Vernichter des Lebens und Seins selbst zu halten.

# Das Gaußsche Prinzip

## *Erinnerungen eines Klagenfurters an Göttingen*

Wenn du nach Göttingen kommst, dann bring bitte dem Andreas von dort die große Feuerwehr von Playmobil mit. So lautete der Auftrag meiner Frau. Weil in Deutschland ja all das »kreative« Spielzeug erzeugt werde und darum auch billiger sei. Um nur ja nicht darauf zu vergessen, kaufte ich gleich am Morgen vor unserem Stadtrundgang ein und war durch die große Kunststofftasche mit der großen Kunststoff-Feuerwehr beim Gehen und Sehen etwas behindert.

Was aber sah ich nicht doch alles, Natur und Kunst, begleitet, nein *geleitet* von Hans-Jürgen Schrader, meinem Führer durch die samstägliche Oberwelt: Am Gänselieselbrunnen schickten sich ein infernalischer Feuerschlucker und seine Helferin an, ein fulminantes Frühstück einzunehmen. Die Vorbereitungen aber dauerten so lange, daß wir dann doch weiterzogen, und neben dem Brunnen war ich mit meiner Feuerwehr wohl auch nicht weiter vonnöten.

Et in Gottinga ego! Auch ich stand auf jenem Pflasterstein, von dem aus man die vier Hauptkirchen dieser kirchenreichen Stadt sieht. Mehr noch als Kirchen sieht man aber Geschäfte und Kaufhäuser, neben Albani und Johannis und wie sie heißen, Hertie und Karstadt oder wie sie dann heißen. Sauber, bürgerlich und ordentlich erscheint Göttingen an diesem Samstag, und es gehört ganz den Einkaufenden. Wilhelm Raabe müßte noch leben, um das zu beschreiben! Und wo sind die Studenten? Haben sie die letzte Nacht durchgezecht und durchgesungen, Gaudeamus igitur und die übrigen Burschenschaftslieder, daß sie nun erschöpft in ihren Buden ausschlafen? Auch in der Universitätsbibliothek und in der säkularisierten Kirche beim Zettelkatalog ist der Zugang Studierender heute mäßig. Wieder draußen und ein Stück weiter sehe ich, daß das Denkmal des einstigen Landesvaters und Förderers der Universität, des englischen Königs und hannöverschen Kurfürsten Wilhelm IV. mit dem nicht mehr ganz

originellen »Denk mal!« verunziert ist. Jetzt weiß ich, daß ich mich in einer Universitätsstadt befinde. Es gibt noch andere Indizien. Ist also die Stadt an diesem Samstagvormittag auch jugendstill, so ist die studierende Jugend, wenn sie wach ist, offensichtlich auch hier unruhig ...
Hans-Jürgen Schrader zeigt auf einen hohen Kirchturm und sagt, dort droben im Türmerstübchen habe er während seiner Studienzeit gewohnt und logiert. Es liegt aber nicht nur daran, daß er einen so großen Überblick über die ganze Stadt hat und zu jedem Haus hier eine Geschichte und die Geschichte kennt. Dort steht ein prächtiges Fachwerkhaus, das Haus des Turnvaters Friedrich Ludwig Jahn. Es hat sich einmal anderswo befunden, man hat es aber frisch fromm fröhlich frei einfach hierherversetzt, eine enorme, mehr als sportliche Leistung, und das ist gar nicht der einzige sensationelle Klimmzug, den der Denkmalschutz hier vollbracht hat. Aus Braunschweig kommend, dessen Altstadt im Vergleich mit Göttingen im Krieg weit mehr gelitten hat, bin ich freilich schon einiges gewöhnt. Dort hat mir ein dem Denkmalschutz kritisch gegenüberstehender Mensch das ironische Wort Max Frischs über das »was sie Altstadt nennen« zitiert. Auch in Göttingen fällt mir auf, daß mir schon nicht mehr auffällt, daß alle Häuser durch den modernen Anstrich mit Plastikfarbe eine Spur zu lackiert und zu deckend gefärbelt sind, ohne das Leben der alten unsaubereren Kalkfarben. Auf einen solchen Einwand, die barocke Stadt Schärding am Inn betreffend, hat mir freilich einmal der dort zuständige Stadtrat für Kultur gesagt: Was glauben Sie, wie diese Farben den Menschen der Barockzeit gefallen hätten! Rein farblich gleichen so die Häuser in den restaurierten Altstädten rein den Lego- und Playmobilhäusern meines Sohnes. Zu schweigen vom Erdgeschoß der altehrwürdigen Häuser, wo sich auch kein noch so standfester Denkmalschutz gegen die Ökonomie durchsetzen und behaupten konnte. Die Schönheit der Göttinger Häuser beginnt wie überall in bundesdeutschen und österreichischen Städten erst im ersten Stock, über den Auslagen. Zu ebener Erde herrscht und dominiert das Geschäft-

liche, erst über dieser materiellen Basis und auf dem materialistischen Fundament erhebt sich der ästhetische Überbau des niedersächsischen Fachwerks.
Ich sehe nicht nur manche architektonische Großtat des Bürgertums, sondern auch einen Schildbürgerstreich, das Portal vor dem Universitätsgelände nämlich, dem man das Gebäude weggenommen hat, das man einmal durch es betreten konnte. Jetzt gleicht es einer freigesetzten Ehrenpforte. Hier mögen die jungen Doktoren nach der Promotion im Vollgefühl ihres akademischen Triumphes hindurchschreiten. Schrader erklärt mir, daß dies einmal der Eingang in die Universitätsreithalle gewesen sei, als die deutschen Ordinarien noch hochangesehen waren und auf dem hohen Roß saßen. Damals nämlich, als meine Standesgenossen, die Altgermanisten, nicht nur über das höfische Rittertum gesprochen, sondern auch noch die Reiterei beherrscht haben.
Haller, Heine, Lichtenberg und so weiter und so weiter. Selten sah ich irgendwo so viele Gedenktafeln. Ist man aber von der großen Fülle der großen Namen schon ganz klein und kleinlaut, dann kommt man einem gleich mit den »Göttinger Sieben«, Sieben auf einen Streich, in Dutzend und Schock gewissermaßen. Leichter merken möchte ich mir vielleicht, sage ich zu Herrn Schrader, wenn Sie mir die nennen, die nicht hier gewesen sind, à Göttingen, à Göttingen.
Kommt man in eine einem bis dahin unbekannte Stadt, so viel man von ihr gehört haben und so berühmt sie auch sein mag, so trägt man bei allem, was man sieht, das Wissen um das, was man daheim zurückgelassen hat, mit sich und hält das seelische Nachbild des Vertrauten als transparente Folie hinter oder auch vor das Neue, um es daran zu messen. Overhead sozusagen. Ich habe freilich auch schon Menschen erlebt, für die das Fremde keine andere Wirkung und Funktion gehabt hat, als sie an das Eigene zu erinnern, von dem sie ausdauernd erzählten. Ich jedenfalls kam als Klagenfurter nach Göttingen, und nicht nur einmal habe ich mir gedacht: Das hätte ich gern in Klagenfurt. Etwa die Bibliothek der Universität. Eine ähnliche historische Rathaushalle! Die Buchhandlungen, den

Verlag! Und vieles andere. Selten nur habe ich mir gedacht: Das müssen wir nicht haben. Schmierereien auf Denkmälern oder Häusern etwa. Das nicht.
Ich aber habe, weil die Universitätsbibliothek nicht zu bekommen war, die Feuerwehr von Playmobil aus Göttingen mitgebracht. Wie stolz und froh war ich, als ich sie bei Salzburg über die Grenze geschmuggelt hatte und dann daheim in Klagenfurt vor meinem glückstrahlenden Sohn auspackte. Als mich jedoch meine Frau fragte, was ich dafür bezahlt hätte, und ich ihr den Preis nannte, multiplizierte sie mit sieben und sagte: Das hätten wir ja in Klagenfurt beim Herbst billiger haben können. Jetzt wußte ich, daß Carl Friedrich Gauß nicht umsonst in Göttingen unterrichtet hat und daß die Göttinger Geschäftsleute in ihren Max-Planck- und Otto-Hahn-Gymnasien nicht nur die Zahlentheorie, sondern auch den praktischen Umgang mit den Zahlen nach Adam Riese gründlich erlernt haben.

## Theater im Bauernhof

Nur gerade 18 von meinen bislang 46 Lebensjahren verbrachte ich in Oberösterreich; da es die Kinder- und Jugendjahre waren, zählen sie aber gewissermaßen doppelt. Obwohl ich nun seit über zehn Jahren in Kärnten lebe, besitze ich in Oberösterreich noch ein Haus und Grund, und da ich Grundsteuer zahle, auch noch eine Art Heimatrecht. Mir gehören immerhin an die 18000 Quadratmeter Oberösterreich, ungefähr 3 Joch, um es bäurisch zu sagen, weil es sich um Nutzgrund handelt. Auf dem Grund stehen viele Bäume, Äpfel- und Birnenbäume, Kirschen-, Zwetschken- und Nußbäume und auch ein Asperlbaum. Wer nicht weiß, worum es sich beim Asperlbaum handelt, soll sich bei den Landsleuten erkundigen.

Oft weht ein schneidiger Wind vom Hausruck herunter und bläst durch das Innbach- und Trattnachtal zur Donau hinaus.

Steigert sich der Wind zum Sturm, dann zerreißt er mir oft Bäume. Ein früher riesiger Nußbaum vor allem verliert immer wieder Äste und sieht bereits sehr gerupft und wie verstümmelt aus. Nur wer viel besitzt, kann lange und viel opfern. Jetzt beginnt mein Nußbaum leider auch von unten her zu kränkeln, direkt im Zwiesel zweier starker, überirdisch ansetzender Wurzeln hat sich schon ein schwarzes Loch gebildet, wie eine faule Stelle in einem großen Stockzahn. Hornissen sind dort zu meinem Entsetzen im letzten Sommer ein und aus geflogen. Ameisen sind unterwegs.

Gern stehe ich am Abend, etwa bei einem aufkommenden Gewitter, unter einem Vordach am alten Stall, windgeschützt und mit Rückendeckung durch die noch warme Hauswand, und schaue in den Himmel hinein und über das Tal hinweg zum Horizont. Von Minute zu Minute ändert sich das Firmament, Wolken drängen auf und dringen ineinander, immer neue Gebirge bildend. Plötzlich kommt bleierne Schwärze dazu. Der Himmel sieht aus, als befinde er sich in der Arbeit eines Aquarellisten, der mit dem Wasser nicht sparsam umgeht und keine Gestalt zur Ruhe kommen läßt, sondern immer von neuem einwässert und fließen läßt. Panta rhei. Wenn es zu wetterleuchten beginnt, dann sehe ich im fahlen Licht des Flimmetzens vor mir schemenhaft die Hügel, Wälder und Felder, bis alles durch das schärfere Licht der greller werdenden Blitze konturierter aufleuchtet. Weit draußen erblicke ich dann über die Gallspacher Senke hinweg im Meggenhofener Gebiet auf dem Einberg auch jenes Bauernhaus, in dem sich das Theater befindet. Das »Theater am Bauernhof« zeigt mir im Sulzbachtal aber nur die Kehrseite, nicht die Schauseite und jenen Teil, in dem die Schauspieler ihren Auftritt, sondern nur den alten Stalltrakt, wo heute die Zuschauer einen Abtritt haben. Blitzt es, so sehe ich den Donnerbalken ... Und ich stelle mir vor, wie die armen Schauspieler jetzt gegen das Naturschauspiel von Blitz und Donner anspielen und anreden müssen, wenn sie nicht überhaupt eine Zwangspause einlegen. Ich sah selbst einmal während eines

Gewitters dort »Ich denke oft an Piroschka«. Ich denke oft an diese merkwürdige Aufführung zurück: Jupiter tonans, der himmlische Licht- und Tonmeister, der auf seinem Wagen und mit der wilden Jagd krachend und polternd durch den Äther fuhr, seine Pfeile verschoß und seine eigene Vorstellung von son et lumière verwirklichte, ließ den Beleuchter und Tonmeister des Bauerntheaters mit seinen illusionistischen Effekten als armen Dilettanten erscheinen. Das war nun freilich eine andere Art von Feuerwerk.

Will ein Theaterkritiker über einen Schauspieler oder eine Aufführung etwas außerordentlich Lobendes und Ruhmreiches sagen, so kommt er in der Regel mit Elementarausdrükken daher. So wird ein Spiel zum Naturereignis, eine Aufführung zum Erdbeben, ein Lustspiel zwerchfellerschütternd. Nestroys Witz nennen sie zündend, eine Inszenierung schlägt ein wie der Blitz. Auch das Wort »Urgestein« lese ich manchmal im Zusammenhang mit Stücken oder Aufführungen. Ein Schauspieler wurzelt tief im Humus des Erzkomödiantischen. Früher war auch von Blut und Boden die Rede. Und so weiter. Kunst hat die Tendenz, *wieder* die Natur zu sein, scheint es, im Gegensinn zu Arno Holz, der geschrieben hat: *wider* die Natur.

So stehe ich also da und denke über die Gleichung: Kunst ist Natur minus x nach. Ich komme aber mit meinen Gedanken, wie ich ins irrlichternde Oberösterreich hinausschaue, doch nur bis zum schwäbischen Idealismus Schillers: Denn die Elemente hassen das Gebild von Menschenhand. Und es dauert auch wirklich nicht lange, bis die Sirene der Sulzbacher Feuerwehr zu heulen anfängt. Kurze Zeit später stimmt auch bereits Schnölzenberg und schließlich aus dem Innbachtal herüber Kematen und Pichl ein. Es hat also irgendwo eingeschlagen, nicht »wie der Blitz«, sondern der Blitz selbst und Jupiter persönlich. Jetzt bin ich froh, daß ich bei der letzten Haussammlung der Feuerwehr ordentlich gespendet habe. Obwohl ich meistens in Kärnten und relativ selten, im wesentlichen nur während der großen Ferien, im Pichler Haus bin, hat mich die dortige Feuerwehr doch noch nie übersehen und »übergangen«. Sobald in meinem Haus auf dem Berg Licht brennt, rückt das Kommando auch schon aus, und bald stehen drei Männer vom Vorstand vor der Tür und sagen ihren Spruch. Auch ich sage meinen Spruch und spiele ein wenig den Honoratioren in diesem Volksstück, was sich vor allem in der geradezu »unwirklichen« und outrierten, das heißt übertriebenen Höhe meiner Spende ausdrückt. Ich bitte die Männer, den Sepp, den Franz und den Karl, ins Haus und biete ihnen ein Glas Most an. Sie sagen »Landessäure« und lachen. Wir reden über das Wetter, den letzten Todesfall und über den »Quellenhof«, das nächstgelegene Wirtshaus, das vor einiger Zeit zugesperrt hat und nun unbewirtschaftet verrottet. Ös habts zuwenig »gelöscht« und konsumiert, sage ich zu den Männern. Jetzt trinken sie übrigens kräftig, und sie loben auch meinen Most. Ein guter Mischling, sagen sie. Und gar nicht raß, den können auch Damen trinken, sagt einer der Männer und lacht meine Frau an, die sich gar nicht als Dame fühlt, aber trotzdem keinen sauren, sondern nur den süßen Most trinkt. Sie ist eine Kärntnerin, sage ich, sie weiß nicht, was gut ist. Darum habe ich dich geheiratet, ätzt meine Frau trocken zurück. Einer der Feuerwehrmänner fragt, ob wir wüßten, daß die Kärntnerinnen einen Sprachfehler haben. Und obwohl wir die Pointe des Witzes kennen, verderben wir dem Spaßvogel natürlich nicht die Freude, sondern spielen das Theater mit und liefern dann auch das entsprechende Quantum beifälligen Gelächters. Auch im Bauerntheater ist der Applaus nicht immer ein *Sturm* der Begeisterung . . . Nichts für ungut, sagen die Männer schließlich. Das ist in Oberösterreich schon so etwas wie ein Abschiedsgruß, und er bedeutet nicht immer genau das, was er eigentlich besagt. Ähnlich wie die Amerikaner »How do you do?« sagen, was eigentlich »Wie tust du tun?« bedeutet, aber etwas ganz anderes meint.

Ich bleibe noch lange vor der Tür stehen, als die Feuerwehrmänner bereits längst mit ihrem Auto verschwunden sind. Ich denke über die Unwirklichkeit und das Theater meines

Lebens nach, die merkwürdige Rolle, die ich gerade in meiner engeren Heimat spiele. Wann wird es ernst werden? So ernst, wie es für meinen Vorbesitzer geworden ist, als er vor ungefähr 15 Jahren eines Tages um 4 Uhr früh einen Herzanfall erlitt. Der Kematener Gemeindearzt hat mir erzählt, wie er den »Bergmann«, wie der Vulgoname meines Hauses heißt, versorgte und wie sie ihn schließlich hier, wo ich jetzt stehe, in die Rettung gelegt haben. Der Doktor hat bereits gewußt, daß dies ein Abschied für immer war. Und es sei ihm, der viel und täglich Schweres erlebte, damals besonders nahegegangen, dieser Abschied und dieses Ende gerade an diesem strahlenden Frühmorgen im Frühsommer, der sich tausendmal besser als Geburtstermin geeignet hätte denn als Sterbestunde. Und ich muß auch an die unglückliche Bergmännin denken, die den Tod ihres Mannes nicht verwunden hat und ihm drei Wochen später freiwillig in den Tod gefolgt ist, hinten in der Scheune.

Es gibt genug Stoff für Tragödien. Und auch genug Grund für Verbitterung und Zorn. Zwar sehe ich von hier aus nur den Höhenzug des Sulzbachtales, aber ich weiß dahinter die Kärntner ILBAU am Werk, die gerade für die sogenannte Innkreisautobahn das Innbachtal verwüstet. Ich habe schon einmal etwas Deutliches über den kriminellen Schwachsinn dieser Autobahn gesagt, es hatte aber weiter keine Folgen außer Zustimmung und Applaus, auch von jenen in Linz und Wien, die dafür verantwortlich sind. Wenn sich jemand mit der Artikulation seines Protestes Mühe gibt, können praktisch alle zustimmen, die einen applaudieren dem Inhalt und die anderen der Form, der »geschliffenen« Formulierung. Stutzig werden die Politiker nur, wenn irgendwo einer einmal statt der Formulierung ein Messer schleift. So gesehen hat derjenige, der beim Pummer in Oberham kunstlos, formlos und zwanglos SCHEISS AUTOBAHN auf den Beton der Brücke gesprüht hat, wesentlich mehr erreicht, mehr Menschen, weil dort viele durch und vorbei müssen, und auch mehr Wirkung und Widerspruch.

Mit mir kann man alles machen. Ich spiele mit. Einmal besuchte mich jemand, es stellte sich aber später heraus, daß der Betreffende eigentlich ursprünglich vorhatte, einen Vierkanthof in Ohlsdorf zu besichtigen, daß er sich aber wegen der vielen Gerüchte über mangelnde Menschenfreundlichkeit und Gastfreundschaft nicht traute, sodaß er schließlich, nachdem er nun einmal einen leibhaftigen Dichter heimsuchen wollte, bei mir einkehrte, statt beim groben Großbauern beim geduldigen Nebenerwerbslandwirt und Kleinhäusler. Das hat mich natürlich innerlich doch gekränkt. Ich bin nicht gern der literarische Ersatzmann in der oberösterreichischen Nationalmannschaft. Wenn es klar ist, sehe ich von der Haustür aus, wo ich mich alsbald von meinem Besuch verabschiedete, den Alpenhauptkamm in seiner ganzen Länge. Dort, sagte ich und zeigte auf den Feuerkogel, liegt Ohlsdorf. Und es war nicht zum erstenmal, daß ich mir gewünscht habe, ich dürfte auch einmal den ungläubigen Thomas oder den fliegenden Holländer spielen und deutlich sagen, daß ich den Schwank, in dem wir mitzumachen gezwungen werden, oft recht albern und lächerlich finde, beim Zeus. Doch den Donnersohn glaubt mir keiner, heißt es. Ich muß wohl bei meiner dankbaren Rolle bleiben. Keiner kann aus seiner Haut heraus. Ich werde wohl weiter den lustigen Loisl darstellen müssen. Nichts für ungut.

# Textnachweise

Abdruck der Texte »Leihbücherei«, »Stille Größe«, »Gewissenserforschung«, »Gerücht, oder: Anrufung des 18-Uhr-Autobusses«, »Einläßliche Beschreibung der Maulschelle«, »Zechen«, »Katzenpuffer«, »Weltkriege« und »Der 1. Neger meines Lebens« aus: *Von den Halbschuhen der Flachländer und der Majestät der Alpen. Frühe Prosa*, Salzburg/Wien: Residenz Verlag, 1981.

»Der Vater« aus: *Der Leumund des Löwen. Geschichten von großen Tieren und Menschen*, Salzburg: Residenz Verlag, 1976.

»Der Eisstock« und »Sternsinger« aus: *Vom Schnee der vergangenen Jahre*, Salzburg/Wien: Residenz Verlag, 1979. 2. Aufl. 1979.

»Essig« aus: *Literaturalmanach auf das Jahr 1979. Vom Gebrauch des Weines.* Salzburg/Wien: Residenz Verlag, 1979. – »Germ und Kren« aus: Jochen Jung (Hrsg.), *Literaturalmanach auf das Jahr 1980. Kleines österreichisches Wörterbuch*, Salzburg/Wien: Residenz Verlag, 1980.

»Der größte Feind des Österreichers ist der Borkenkäfer« aus: Jochen Jung (Hrsg.), *Glückliches Österreich. Literarische Besichtigung eines Vaterlands*, Salzburg: Residenz Verlag, 1978.



»Was Thomas Bernhard nicht lesen durfte« aus: *Kleine Zeitung*, Klagenfurt, 23. Juni 1978.

»Königsberg und Innsbruck oder: Der Skilauf, von der hohen Warte des deutschen Idealismus gesehen« aus: *Literatur und Kritik. Österreichische Monatsschrift* 17 (1982) H. 169/170.

»Das Gaußsche Prinzip. Erinnerungen eines Klagenfurters an Göttingen«. Erstdruck.

»Theater im Bauernhof« aus: Paul Stepanek (Hrsg.), *Sprachbilder. Prosa und Lyrik oberösterreichischer Schriftsteller*, Linz: LandesVerlag, 1985 (Literarische Edition).

# Biographische Notiz

Am 5. Dezember 1938 wurde Alois Brandstetter in Aichmühl (Pichl/Oberösterreich) als jüngstes von sechs Kindern eines Müllerehepaars geboren. Der Vater betrieb neben der Mühle am Innbach (die auch den Strom für den Weiler produzierte) zeitweise ein kleines Sägewerk und eine Schwarzbäckerei, dazu die Nebenerwerbslandwirtschaft, in der Frau und Kinder nach Kräften mitzuarbeiten hatten.
Herbst 1944 Einschulung in der Volksschule Pichl, 1949 Eintritt ins geistliche Knabenseminar Kollegium Petrinum in Linz-Urfahr. Nach einer Relegation des Pubeszenten wegen Aufsässigkeit 1951 Wechsel ans Bundesrealgymnasium Wels, dort 1957 Reifeprüfung mit Auszeichnung.
Vom Winter 1957/58 bis zum Sommer 1961 Studium der Germanistik und Geschichte an der Rudolfs-Universität Wien. Nach acht Semestern Abschluß mit einer Dissertation (bei Eberhard Kranzmayer) »Laut- und bedeutungskundliche Untersuchungen an der Mundart von Pichl bei Wels« (mündliche Prüfung am 8. Februar 1962). Einstellung des erst Dreiundzwanzigjährigen als Wissenschaftlicher Assistent (bei Hans Eggers) für Altgermanistik und Sprachwissenschaft an der Universität des Saarlandes, Saarbrücken. Neben der akademischen Lehrtätigkeit Hervortreten mit Publikationen zur strukturalistischen Linguistik. 1968 erste Veröffentlichungen literarischer Arbeiten. Nach der Habilitation über die frühneuhochdeutschen Prosaauflösungen hochmittelalterlicher Versepen (die ersten deutschen Romane) 1971 Ernennung zum Professor, 1971/72 Gastprofessor an der Universität Salzburg.
Seit August 1974 Ordinarius an der Universität für Bildungswissenschaften, Klagenfurt. Lebt in Klagenfurt und in Weinberg/Pichl.
1973/75 Förderpreise für Literatur der Länder Oberösterreich und Kärnten. – 1980 Kulturpreis des Landes Oberösterreich für Literatur. – 1981 Preis für die beste deutsche Kurzgeschichte beim Internationalen Literaturkolloquium, Arnsberg. – 1983 Rauriser Bürgerpreis. – 1984 Wilhelm-Raabe-Preis der Stadt Braunschweig.
Mitglied des PEN-Clubs und des Kärntner Schriftstellerverbandes.

## Verzeichnis der Werke Alois Brandstetters

### A. Poetische Arbeiten

#### 1. Selbständig erschienene Werke

Gewissenserforschung. Mit Radierungen von Friedrich Schmitt. Paris/Zweibrücken: Edition Galerie Monika Beck, 1969. [9 Bl. Abb. mit Text in Mappe. – Text später aufgenommen in »Ausfälle«.]

Über Untermieter. Linolschnitte von Axel Hertenstein. Pforzheim: Harlekin-Presse, 1970. [Privatdruck; 26 ungez. S. – Text (bis auf die Prosaskizzen »Abendstille« und »Vorüberlegung«) später aufgenommen in »Überwindung der Blitzangst« bzw. »Von den Halbschuhen der Flachländer und der Majestät der Alpen«.]

Stille Größe. [Ill. von Axel Hertenstein.] Pforzheim: Harlekin-Presse, 1971. [25 ungez. S. – Text später aufgenommen in »Ausfälle«.]

Überwindung der Blitzangst. Prosatexte. Salzburg: Residenz Verlag, 1971. 2. Aufl. 1971. – Wien: Donauland [u. a.], [1972]. [Zusammen mit Rudolf Bayr: »Momente und Reflexe«, und Barbara Frischmuth: »Tage und Jahre«.] – München: Deutscher Taschenbuch Verlag, 1974. (dtv sr 127.) – Frankfurt a. M. / Wien / Berlin: Ullstein, 1981. (Ullstein-Buch. 26035.) [Zusammen mit »Ausfälle«.]

Ausfälle. Natur- und Kunstgeschichten. Salzburg: Residenz Verlag, 1972. – München: Deutscher Taschenbuch Verlag, 1974. (dtv sr 127.) 2. Aufl. 1975. [Zusammen mit »Überwindung der Blitzangst«.]

Zu Lasten der Briefträger. Roman. Salzburg: Residenz Verlag, 1974. 2. Aufl. 1974. – München: Deutscher Taschenbuch Verlag, 1976. (dtv sr 5441.) Nachdr. 1979. 2. Aufl. 1981. (dtv neue reihe 6323.) – Wien: Donauland [u. a.], 1975. – Brosch. Neuausg. Salzburg: Residenz Verlag, 1984.

Der Leumund des Löwen. Geschichten von großen Tieren und Menschen. Salzburg: Residenz Verlag, 1976. – München: Deutscher Taschenbuch Verlag, 1978. (dtv sr 5458.) 2. Aufl. 1982. (dtv 10021.)

Die Abtei. Roman. Salzburg/Wien: Residenz Verlag 1977. 2. Aufl. 1978. – Wien: Donauland [u. a.], [1982]. – München: Deutscher Taschenbuch Verlag, 1981. (dtv neue reihe 6326.) 2. Aufl. 1984. (dtv 10218.)

Vom Schnee der vergangenen Jahre. Salzburg/Wien: Residenz Verlag, 1979. 2. Aufl. 1979. – Wien: Donauland [u. a.], [1981]. – München: Deutscher Taschenbuch Verlag, 1982. (dtv neue reihe 6340.) 2. Aufl. 1985. (dtv 10478.)

Von den Halbschuhen der Flachländer und der Majestät der Alpen. Frühe Prosa. Salzburg/Wien: Residenz Verlag, 1980. [Enthält die Erzählsammlungen »Überwindung der Blitzangst«, »Ausfälle« und zwei Texte aus »Über Untermieter«.]

Die Mühle. Roman. Salzburg/Wien: Residenz Verlag, 1981. – München: Deutscher Taschenbuch Verlag, 1984. (dtv 10296.)

1921–1981. Episoden aus sechs Jahrzehnten. [Mit dokumentarischen Photo-Abbildungen.] o. O., o. J. [14 ungez. S. – Privatdruck der Firma Wiesner-Hager, Altheim (OÖ), 1981.]

Über den grünen Klee der Kindheit. Salzburg/Wien: Residenz Verlag, 1982. – München: Deutscher Taschenbuch Verlag, 1985. (dtv 10450.)

Das Buch der alten Mühlen. Photographien von Gerhard Trumler. Essay von Alois Brandstetter. Wien: Edition Christian Brandstätter, 1984. [S. 8–13: Vom »Frieden der Mühlen« bis zur ewigen Ruh'. S. 17–63: Von Alten Mühlen. S. 65–111: Vom Wasser haben sie's gelernt.]

Altenehrung. Roman. Salzburg/Wien: Residenz Verlag, 1983. – Zürich: Buchclub Ex Libris / Darmstadt: Wissenschaftliche Buchgesellschaft, 1985. – München: Deutscher Taschenbuch Verlag, 1986. (dtv 10595.)

Die Burg. Roman. Salzburg/Wien: Residenz Verlag, 1986.

## 2. Verstreute Prosa und Essays

Ausläufe. In: Literatur und Kritik. Österreichische Monatsschrift 3 (1968) H. 30. S. 575–579. [S. 575: Anleitung zur Überwindung innerer Hemmnisse beim Überqueren von Plätzen. (Titel in den späteren Erzählsammlungen: »Überwindung der Platzangst«.) S. 576: Exkurs über einige der Hauptschwierigkeiten, die den Menschen vom flachen Lande in der Stadt erwarten, und wie er sie bemeistern kann. S. 577: Über das Brauchtum in unseren Alpentälern, sein bedauerliches Verschwinden und dessen mutmaßliche Gründe. S. 578: Trostgründe.]

Peter Rosei. In: Literatur im Residenz Verlag. Almanach auf das Jahr 1972. Salzburg: Residenz Verlag, 1972. S. 85 f. [Ebd. S. 36–40: Schwadronade von der Selbstentzündung des Heus. (Auszug aus »Ausfälle«.)]

Der Heimvorteil. In: Alois Brandstetter (Hrsg.): Daheim ist daheim. Neue Heimatgeschichten. Salzburg: Residenz Verlag, 1973. S. 31–35. – Wiederabgedr. in: Literatur im Residenz Verlag. Almanach auf das Jahr 1973. Ebd. S. 42–47. – Alois Brandstetter (Hrsg.): Österreichische Erzählungen des 20. Jahrhunderts. Salzburg: Residenz Verlag, 1984. S. 356–360.

Vita. In: Literatur im Residenz Verlag. Almanach auf das Jahr 1973. [Thema: ›Autoren über sich‹.] Salzburg: Residenz Verlag, 1973. S. 37–41.

Mein Lieblingsdichter. In: Literatur im Residenz Verlag. Almanach auf das Jahr 1974. [Thema: ›Verhältnis zur Literatur‹.] Salzburg: Residenz Verlag, 1974. S. 31 f. [Ebd. S. 34 f.: Die Beschwerde. (Auszug aus »Zu Lasten der Briefträger«.)]

Locus amoenus. In: Literatur im Residenz Verlag. Almanach auf das Jahr 1975. [Thema: ›Lieblingsort‹.] Salzburg: Residenz Verlag, 1975. S. 25 f.

Nachsommer und Winter. Von der Erfindung des Kunstskis durch den Kunsttischler Eustach. Eine Kunstgeschichte. In: Peter Weiermair (Hrsg.): Winterspiele. Neue Skigeschichten. Salzburg: Residenz Verlag, 1975. S. 21–25. [Auszug in: Literatur im Residenz Verlag. Almanach auf das Jahr 1975. Ebd. S. 28 f.].

Themensuche oder Die Orientierung an der Desorientierung. In: 20 Jahre Residenz Verlag. Literaturalmanach auf das Jahr 1976. [Thema: ›Textproben‹.] Salzburg: Residenz Verlag, 1976. S. 21 bis 23.

Unserem Nachbar sein linkes Bein. In: Walter Weiss / Sigrid Schmid (Hrsg.): Zwischenbilanz. Eine Anthologie österreichischer Gegenwartsliteratur. Salzburg: Residenz Verlag, 1976. [Aus »Überwindung der Blitzangst«.]

Ars amandi. [Acht Texte neulateinisch-konkreter Poesie.] In: Literatur im Residenz Verlag. Almanach auf das Jahr 1977. [Thema: ›Autoren als Lyriker‹.] Salzburg: Residenz Verlag, 1977. S. 26 f. [Ebd. S. 24 f.: Vivat, vivat. (Auszug aus »Die Abtei«.)]

Der größte Feind des Österreichers ist der Borkenkäfer. In: Jochen Jung (Hrsg.): Glückliches Österreich. Literarische Besichtigung eines Vaterlands. Salzburg: Residenz Verlag, 1978. S. 33–36. – Reinbek bei Hamburg: Rowohlt, 1980. (rororo 4602.)

Robert Walsers Österreicher. Überlegungen zu ›Die Schlacht bei Sempach‹. In: Katharina Kerr (Hrsg.): Über Robert Walser. Bd. 2. Frankfurt a. M.: Suhrkamp, 1978. (suhrkamp taschenbuch. 484.)

Was Thomas Bernhard nicht lesen durfte. In: Kleine Zeitung. Klagenfurt. 23. Juni 1978. S. 4. [Paralipomenon aus »Zu Lasten der Briefträger«.]

Die Fremdenangst oder Feinsein, beinander bleiben. In: Gustav Ernst / Klaus Wagenbach (Hrsg.): Literatur in Österreich. Rot ich Weiß Rot. Berlin: Wagenbach, 1979. (Tintenfisch 16. Quartheft 99.) S. 40–46. [Gekürzte Fassung von »Der Eisstock« aus »Vom Schnee der vergangenen Jahre«.]

Essig. In: Literaturalmanach auf das Jahr 1979. Vom Gebrauch des Weines. Salzburg/Wien: Residenz Verlag, 1979. S. 22 f. [Ebd. S. 24–26: Auszug: »Turmblasen« aus »Vom Schnee der vergangenen Jahre«.]

Nach und neben Handke ... P. H. ist Kärntens Beitrag zum literarischen World Cup. (Literaturlandschaften in Österreich: Kärnten.) In: Börsenblatt des Deutschen Buchhandels 35 (1979) Sondernummer (19. 3. 1979) S. 27–30.

Germ und Kren. In: [Jochen Jung (Hrsg.):] Literaturalmanach auf das Jahr 1980. Kleines österreichisches Wörterbuch. Salzburg/Wien: Residenz Verlag, 1980. S. 12–14. [Ebd. S. 56–58: Aus dem Geschichtenband »Vom Schnee der vergangenen Jahre«. (Auszug aus »Die Seuche«.)]

Die Kunst des Möglichen und die unmögliche Kunst. In: Harald Seuter (Hrsg.): Die Feder, ein Schwert? Literatur und Politik in Österreich. Graz: Leykam Verlag, 1981. S. 8–13.

Eine Traumreise. In: Hans Ecker (Hrsg.): Das Schreib weiter.....Buch. Linz: Oberösterreichischer Landesverlag, 1981. S. 15 f.

Was soll Literatur? In: [Jochen Jung (Hrsg.):] 25 Jahre Residenz Verlag. Zeitgenössische Literatur – Literatur für Zeitgenossen. Almanach für Literatur und Kunst 1981. Salzburg/Wien: Residenz Verlag, 1981. S. 40–43.

Königsberg und Innsbruck oder: Der Skilauf, von der hohen Warte des deutschen Idealismus gesehen. In: Literatur und Kritik. Österreichische Monatsschrift 17 (1982) H. 169/170. S. 3–5.

Selig sind die Feindseligen, fertig sind die Friedfertigen. In: Jochen Jung (Hrsg.): Mein(e) Feind(e). Literaturalmanach 1982. Salzburg/Wien: Residenz Verlag, 1982. S. 29–32.

Ins Paradies vertrieben. In: Harald Seuter (Hrsg.): Der Traum vom Paradies. Zwischen Trauer und Entzücken. Wien/Freiburg/Basel: Herder, 1983. S. 131–141.

Kinder des Lichts ... In: Hans Georg Koch (Hrsg.): Christ sein:

Mensch sein. 33 Aussagen. Ostfildern bei Stuttgart: Schwabenverlag, 1984. S. 18–21.

Vom Ärgernis des Erzählens. Ein Nachwort. In: Alois Brandstetter (Hrsg.): Österreichische Erzählungen des 20. Jahrhunderts. Salzburg/Wien: Residenz Verlag, 1984. S. 423–433.

Erzählen. Glocken. In: Rudolf Walter (Hrsg.): Das Glück liegt auf der Hand. ABC der Lebensfreuden. Freiburg/Basel/Wien: Herder, 1984. S. 66–68; 112–114. [»Erzählen« unter dem Titel »Herr Eckstein machte es sehr spannend« auch in: Rheinischer Merkur. Nr. 32. 10. August 1984.]

[Brief an ›Deine Stadt‹. – Ohne Titel; red. Überschrift:] Kulturpreise der Stadt Braunschweig. Wilhelm-Raabe-Preis: Alois Brandstetter. In: Deine Stadt. Kunst, Kultur und Leben in Braunschweig. H. 6 (1984/85) S. 19.

Dankesrede zur Raabe-Preisverleihung 1984. In: Jahrbuch der Raabe-Gesellschaft 1985. Braunschweig 1985. S. 44–47.

Theater im Bauernhof. In: Paul Stepanek (Hrsg.): Sprachbilder. Prosa und Lyrik oberösterreichischer Schriftsteller. Linz: Landes Verlag (Literarische Edition), 1985. S. 33–37.

Der Körper verlangt's. In: Jochen Jung (Hrsg.): Mein Körper. Literaturalmanach 1985. Salzburg/Wien: Residenz Verlag, 1985. S. 21 f.

Das Turnier in Launsdorf. In: Die Presse. Wien. 30. Nov. / 1. Dez. 1985. S. VI f. [Version einer Passage aus »Die Burg«.]

Das Gaußsche Prinzip. Erinnerungen eines Klagenfurters an Göttingen. [Erstpublikation im vorliegenden Band.]

Feriae, feriarum. (Eine Lektion.) In: Gottlieb Amsel (Hrsg.): »Da lacht die Sonne«. Ferienlektüre. Salzburg/Wien: Residenz Verlag, 1986. S. 210–219.

Bekannte Namen. In: Die Furche. Wien. Nr. 7. 14. Februar 1986. S. 11.

Die Philosophen aus dem Mittelfeld. In: Die Furche. Wien. Nr. 14. 4. April 1986. S. 11.

## 3. Herausgaben

Daheim ist daheim. Neue Heimatgeschichten. Salzburg: Residenz Verlag, 1973. [S. 5: Vorwort.] – München: Deutscher Taschenbuch Verlag, 1976. (dtv 1129.)

Zöhrer, Ferdinand: INKOGNITO oder Da lachte der Kaiser souverän. [Hrsg. von] Alois Brandstetter [mit Handätzungen von] Axel Hertenstein. Pforzheim: Harlekin-Presse, 1973. [Auswahl aus: Zöhrer: Hoch Habsburg. Ein Gedenkbüchlein zum 50jährigen Regierungsjubiläum des Kaisers Franz Josef I von Österreich [. . .]. Linz-Urfahr 1898. (S. 5 f.: Zum Geleit.)]

Gerhard Fritsch: Katzenmusik. Prosa. Aus dem Nachlaß hrsg. von Alois Brandstetter. Salzburg: Residenz Verlag, 1974. [S. 5–12: Gerhard Fritsch. S. 151–154: Biographie. Bibliographie. – Die Einleitung ist gekürzt wiederabgedr. in: Literatur im Residenz Verlag. Almanach auf das Jahr 1974. Salzburg: Residenz Verlag, 1974. S. 103–106.]

Österreichische Erzählungen des 20. Jahrhunderts. Salzburg/Wien: Residenz Verlag, 1984.

[Zusammen mit György Sebestyén:] Der Ort, an dem wir uns befinden. Ungarische Erzähler der Gegenwart. Wien: Österreichischer Bundesverlag, 1985. [S. 9–11: gemeinschaftliches Vorwort.]

Österreichische Erzählungen des 19. Jahrhunderts. Salzburg/Wien: Residenz Verlag, 1986. [S. 383–400: Nachwort: Österreichische Erzähler vor und nach 1848.]

## B. Sprach- und literaturwissenschaftliche Studien

### 1. Monographische Abhandlungen

Laut- und bedeutungskundliche Untersuchungen an der Mundart von Pichl bei Wels. Diss. phil. [masch.] Wien 1961. [Selbstreferat in: Germanistik 5 (1964) S. 214 f.]

Prosaauflösung. Studien zur Rezeption der höfischen Epik im frühneuhochdeutschen Prosaroman. (Habil.-Schr., Universität des Saarlandes, Saarbrücken.) Frankfurt a. M.: Athenäum Verlag, 1971.

### 2. Editionen/Redaktionen

[Zusammen mit Rudolf Malter:] Saarbrücker Beiträge zur Ästhetik. Saarbrücken: Kommissionsverlag Buchhandlung der Saarbrücker Zeitung, 1966. [S. 7: gemeinschaftliche Vorbemerkung.]

Tristrant und Isalde. Prosaroman. Nach dem ältesten Druck aus Augsburg vom Jahre 1484, versehen mit den Lesarten des zweiten Augsburger Druckes aus dem Jahre 1498 und eines Wormser Druckes unbekannten Datums. Tübingen: Niemeyer, 1966. (Altdeutsche Textbibliothek. Erg.-R. Bd. 3.)

Gegenwartsliteratur als Bildungswert. Wien: Österreichischer Bundesverlag, 1982. (Schriften des Institutes für Österreichkunde. 41.) [S. 4 f.: Vorwort.]

3. Aufsätze, Kritiken und Rezensionen

Sprache und Grammatik. Zur Sprachnormierung und ihren möglichen Maßstäben. In: Wort und Wahrheit. Monatsschrift für Religion und Kultur 18 (1963) S. 108–116.

Semantische Studien zum Diminutiv im Mittelbairischen. In: Zeitschrift für Mundartforschung 30 (1963/64) S. 335–351.

Entlarvende Sprache? Kritische Beobachtungen zum Deutsch der Gegenwart. In: Wort und Wahrheit. Monatsschrift für Religion und Kultur 20 (1965) S. 123–131.

Funktion und Leistung grammatischer Einfachstrukturen. Anmerkungen zur Syntax der Filmtexte. In: Sprache im technischen Zeitalter 13 (1965) S. 1082–90.

Gestalt und Leistung der Zeile im »Phantasus« von Arno Holz. Ein Beitrag zur Ästhetik der Syntax. In: Wirkendes Wort 16 (1966) S. 13–18.

Zum Gleichnisreden der Dichter. Hermeneutik einer kafkaschen Parabel. In: Blätter. Zeitschrift für Studierende (Wien) 21 (1966) H. 1/2. S. 7–12.

Das Telegramm und seine syntaktische Situation. In: Rainer Rath / Alois Brandstetter: Zur Syntax des Wetterberichtes und des Telegrammes. Mannheim 1968. (Duden-Beiträge zu Fragen der Rechtschreibung, der Grammatik und des Stils. H. 33.) S. 23–43.

Zur Edition gedruckt überlieferter Prosaromane und Volksbücher. In: Hugo Kuhn / Karl Stackmann / Dieter Wuttke (Hrsg.): Kolloquium über Probleme altgermanistischer Editionen. Marbach am Neckar. 26. und 27. April 1966. Wiesbaden 1968. (Deutsche Forschungsgemeinschaft. Forschungsberichte. 13.) S. 97–105.

Lyrik als Inszenierung der Grammatik. Ein Beitrag zur linguistischen Poetik. In: Literatur und Kritik. Österreichische Monatsschrift 4 (1969) H. 38. S. 479–491.

Konkrete Bildlichkeit. Zu einem Gedicht H. C. Artmanns [»landschaft 5«]. In: Replik. Interdisziplinäre Hefte für Kritik und Kunst (Berlin). H. 4/5 (1970) S. 45–48.

[Rezension von:] Heinrich von Langenstein: Erchantnuzz der sund. Nach österr. Hss. hrsg. von Rainer Rudolf. Berlin 1969. In: Germanistik 11 (1970) S. 516.

Stil, Norm und Abweichung am Beispiel der konkreten Poesie. In: Beiträge zu den Sommerkursen des Goethe-Institutes für Deutschlehrer und Hochschulgermanisten aus dem Ausland. Hrsg. vom Goethe-Institut. München 1971. S. 130–138.

Grammatik und Stilistik. In: Adolf Haslinger (Hrsg.): Deutsch heute. Linguistik – Literatur – Landeskunde. Materialien der 3. Internationalen Deutschlehrer-Tagung in Salzburg 18. bis 24. Juli 1971. München: Hueber, 1973. S. 11–18.

Die Millstätter Genesis. Ein Hinweis auf das älteste Kapitel einer Kärntner Literaturgeschichte. In: Die Brücke. Kärntner Kulturzeitschrift 2 (1976) H. 4. S. 90–92.

Satz und Text in Kurzprosa. Textlinguistische Überlegungen am Beispiel Wolf Wondratschek. In: Heinz Dieter Pohl / Nikolai Salnikow (Hrsg.): Opuscula slavica et linguistica. Festschrift für Alexander Issatschenko. Klagenfurt: Heyn, 1976. (Schriftenreihe Sprachwissenschaft. Bd. 1.) S. 89–102.

[Rezension von:] Bruno Friedrich Steinbruckner: Dialektographie des oberen Mühlviertels. Marburg 1976. In: Germanistik 18 (1977) S. 59 f.

[Rezension von:] Ruth Klappenbach / Wolfgang Steinitz (Hrsg.): Wörterbuch der deutschen Gegenwartssprache. Berlin 1976–77. 6 Bde. In: Germanistik 19 (1978) S. 669–671.

[Rezension von:] Renate Neumüllers-Klauser (Hrsg.): Die Inschriften des Rhein-Neckar-Kreises. [Bd. 2.] München 1977. In: Germanistik 19 (1978) S. 1098.

Probleme der Textkonstitution in der Kurzprosa. In: Alois Brandstetter (Hrsg.): Gegenwartsliteratur als Bildungswert. Wien 1982. (Schriften des Institutes für Österreichkunde. 41.) S. 96–103.

Über allem: Die Trauer. [Rezension von: György Sebestyén: Albino. Roman. Graz 1984.] In: Morgen. Kulturzeitschrift aus Niederösterreich 8 (1984) Nr. 35. S. 182.

Sprachskepsis und Grammatik. Dargestellt am Beispiel kausaler Nebensätze in Günter Eichs »Maulwürfen« und Hans Carl Artmanns »Balladen und Naturgedichten«. In: Erwin Koller / Hans Moser (Hrsg.): Studien zur deutschen Grammatik. Johannes Erben zum 60. Geburtstag. Innsbruck 1985. (Innsbrucker Beiträge zur Kulturwissenschaft. Germanistische Reihe. Bd. 25.) S. 67–74.

Betrifft: Verfall der deutschen Sprache. In: LiLi. Zeitschrift für Literaturwissenschaft und Linguistik 16 (1986) H. 62: »Sprachverfall?«. S. 108–124.

Keine Lust an der Natur. Zur Naturdarstellung in Franz Innerhofers Roman »Schöne Tage«. In: Der Deutschunterricht 38 (1986) H. 1. S. 5–10.

## *Literaturhinweise*

*[Für Kritiken in den Feuilletons überregionaler Tageszeitungen sei auf den angegebenen »KLG«-Artikel von Johann Strutz verwiesen. Verzichtet wurde auch auf den Nachweis kleinerer Artikel in Lexika und Nachschlagewerken sowie der Rezensionen zu den wissenschaftlichen Arbeiten.]*


Literatur und Kritik. Österreichische Monatsschrift. Salzburg. [Rezensionen:]
»Überwindung der Blitzangst«. Jg. 6 (1971) H. 58. S. 506 (Reinhold Knoll).
»Ausfälle«. Jg. 8 (1973) H. 77. S. 438 (Peter Henisch).
»Vom Schnee der vergangenen Jahre«. Jg. 14 (1979) H. 139. S. 567 f. (Joachim Schondorff).
»Die Mühle«. Jg. 16 (1981) H. 156. S. 366 f. (Joachim Schondorff).
»Von den Halbschuhen der Flachländer und der Majestät der Alpen«. Jg. 17 (1982) H. 165/166. S. 105 f. (Edwin Hartl).
»Über den grünen Klee der Kindheit«. Jg. 18 (1983) H. 179/180. S. 556 f. (Joachim Schondorff).
»Altenehrung«. Jg. 19 (1984) H. 185/186. S. 330 (Herbert Pehmer).

Harig, Ludwig: Überwindung. Verunk(g)limpfung und Beschreibung als Verdauungsvorgänge im Werke Alois Brandstetters. In: Literatur im Residenz Verlag. Almanach auf das Jahr 1972. Salzburg: Residenz Verlag, 1972. S. 32–35. [Wiederaufgenommen in Harigs Essay von 1975, s. u.]

Laßl, Josef: Alois Brandstetter: Spiele des Spottes. In: Vierteljahrsschrift des Adalbert-Stifter-Instituts 23 (1974) H. 1. S. 61–65.

Harig, Ludwig: Alois Brandstetter, Herrscher auf Harfen. In: Peter Laemmle / Jörg Drews (Hrsg.): Wie die Grazer auszogen, die Literatur zu erobern. Texte, Porträts, Analysen und Dokumente junger österreichischer Autoren. München 1975. S. 269–275.

Donnenberg, Josef: Kindergeschichten von Artmann, Bernhard, Brandstetter und Handke. Zur Technik des Erzählens und zu Fragen der Leseerziehung. In: Alfred Doppler / Friedbert Aspetsberger (Hrsg.): Erzähltechniken in der modernen österreichischen Literatur. Wien 1976. S. 107–129. [S. 113–116 zu »Unserem Nachbar sein linkes Bein« und »Der 1. Neger meines Lebens« aus »Überwindung der Blitzangst«.]

Heydemann, Klaus: Reden über Österreich. Von Wildgans zu Brandstetter. In: Friedbert Aspetsberger (Hrsg.): Staat und Gesell-

schaft in der modernen österreichischen Literatur. Wien 1977. (Schriften des Institutes für Österreichkunde. 32.) S. 78–91.
Schattauer, Wolfgang: Alois Brandstetter: »Der Leumund des Löwen. Geschichten von großen Tieren und Menschen«. In: Moderna Språk 71 (1977) H. 3. S. 297–299.
Eder, Alois: Perseveration als Stilmittel moderner Prosa. Thomas Bernhard und seine Nachfolge in der österreichischen Literatur. – In: Annali. Bd. 22. Studi tedeschi. H. 1 (1979) S. 65–100. [Zu »Was Thomas Bernhard nicht lesen durfte«; »Überwindung der Blitzangst« / »Ausfälle«; »Zu Lasten der Briefträger«.]
Jung, Jochen: Verzweifelte Lustbarkeit. Die österreichische Gegenwartsliteratur. In: Börsenblatt des Deutschen Buchhandels 35 (1979). Sondernummer (19. 3. 1979) S. 5–12 [v. a. S. 9].
Schwarz, R[obert]: Noted: Alois Brandstetter: Vom Schnee der vergangenen Jahre. – In: World Literature Today 54 (1980) S. 627.
Weber, Norbert: Das gesellschaftlich Vermittelte der Romane österreichischer Schriftsteller seit 1970. Frankfurt a. M. / Bern / Cirencester 1980. (Europäische Hochschulschriften. R. 1. Bd. 345.) S. 148–166, 409–411 und »Errata«-Beiblatt. [Zu »Die Abtei« – Fehlschlüsse durch Beleuchtung aus einem dem Autor irrtümlich zugewiesenen Prosawerk »Start« eines anderen Schriftstellers.]
Falk, T[homas] H.: Noted: Alois Brandstetter: Von den Halbschuhen der Flachländer und der Majestät der Alpen. In: World Literature Today 55 (1981) S. 670.
Halter, Ernst: Dem Müller ins Mahlbuch. Bemerkungen zu Alois Brandstetters Roman »Die Mühle«. In: Schweizer Monatshefte 61 (1981) S. 820–822.
Schwarz, Robert: German Fiction. Alois Brandstetter: Die Mühle. In: World Literature Today 56 (1982) S. 326.
Strutz, Johann: Alois Brandstetter. In: Heinz Ludwig Arnold (Hrsg.): Kritisches Lexikon der deutschsprachigen Gegenwartsliteratur (KLG). Bd. 1. München 1978 ff. – 12. Nlg. (Stand: 1. 8. 1982), S. 1–11, A–E. – 19. Nlg. (Stand: 1. 1. 1985), S. 1 f., 11, A/B, E.
[Mit Werkverzeichnis und Bibliographie der Sekundärliteratur einschließlich der Feuilleton-Artikel.]
Ingen, Ferdinand van: Alois Brandstetter: Über den grünen Klee. Die Mühle. Von den Halbschuhen der Flachländer. In: Deutsche Bücher 12 (1982) S. 263–267. [Kurzbesprechungen von »Der Leumund des Löwen« ebd. 7 (1977) S. 160; von »Die Abtei« ebd. 8 (1978) S. 235 f.]

Falk, Thomas H.: German Fiction. Alois Brandstetter: Über den grünen Klee der Kindheit. In: World Literature Today 57 (1983) S. 276.

Aichbichler, Angelika: Hiebe auf den ersten Blick. Alois Brandstetter – Ein Schelm mit spitzer Feder. In: Krone-Magazin. H. 46. 17. November 1984. S. 32–36.

Haubrichs, Wolfgang: Der doppelte Schriftsteller. Bemerkungen zu einer ideologiekritischen Verwechslung. In: LiLi. Zeitschrift für Literaturwissenschaft und Linguistik 53/54 (1984) S. 245–254 [Bezug insbes. S. 250–254].

Lennartz, Franz: Deutsche Schriftsteller des 20. Jahrhunderts im Spiegel der Kritik. Bd. 1. Stuttgart 1984. S. 236 f.

Reichlin-Meldegg, Georg: Mühlenherrlichkeit. [Zu: Brandstetter/Trumler: Das Buch der alten Mühlen. Wien 1984.] In: Morgen. Kulturzeitschrift aus Niederösterreich 8 (1984) Nr. 36. S. 241.

Schrader, Hans-Jürgen: Wilhelm Raabe-Preis der Stadt Braunschweig 1984. [Alois Brandstetter: Altenehrung.] In: Mitteilungen der Raabe-Gesellschaft 71 (1984) H. 2. S. 32 f.

Kunne, Andrea: Alois Brandstetter (Hrsg.): Österreichische Erzählungen [und] Michael Scharang (Hrsg.): Geschichten aus der Geschichte Österreichs. In: Deutsche Bücher 15 (1985) S. 33–35.

Schöne, Albrecht (Hrsg.): Göttinger Vademecum. Ein literarisches Gästebuch und historisches Poesiealbum, welches leselustige Fußgänger und spazierfreudige Leser in 5 Jahrhunderte führt und durch 172 Straßen der Stadt. München/Göttingen 1985. [S. 188: Alois Brandstetter.]

Ivo, Hubert: Auf Probe lesen. In: Diskussion Deutsch 17 (1986) H. 88: »Vom Lesen schwieriger Texte«. S. 119–134. [V. a. zu »Unserem Nachbar sein linkes Bein« aus »Überwindung der Blitzangst« und »Advent« aus »Vom Schnee der vergangenen Jahre«.]

# Nachwort

Als »eine Mischung von Peter Rosegger und Karl Kraus« sieht sich Alois Brandstetter, die paradoxe Formel eines Klappentexters aufgreifend, »vielleicht nicht unzutreffend« charakterisiert.[1]

Widerspruchslos läßt er damit ein Argument aus dem Arsenal der Buchwerbung zumindest als erwägenswert gelten, das sich unterfängt, die Besonderheit seines poetischen Schaffens nur durch Namensverweisungen auf zwei Vergleichsgrößen zu umreißen, die zudem nichts miteinander zu verbinden scheint außer ihrer Beheimatung in – höchst unterschiedlichen – österreichischen Traditionen.

Wie kommt ein Autor dazu, so muß man sich fragen, der nach mittlerweile fünf vielbeachteten Romanen, nach ebenso vielen nicht minder erfolgreichen Erzählbänden und einer gewichtigen Fracht an verstreut publizierter dichterischer, essayistischer und wissenschaftlicher Prosa längst zu den etablierten zählt und für die unverwechselbare Eigenart seines Schreibens renommiert ist, den verkürzenden Vergleich mit zwei so ungleichartigen Vorläufern zu akzeptieren? Und worauf könnte eine Verwandtschaft sich gründen sowohl mit dem aus einem erinnerungsfreudigen Chronisten seines Waldbauernbuben-Idylls zum etwas biedersinnigen Volksaufklärer erwachsenen steirischen Älpler als auch mit dem reizbar-aggressiven großbürgerlichen Wiener Kaffeehausliteraten, der mit kritischer Leidenschaft und Formulierungskunst die Gebrechen der Gesellschaft und die Inhumanitäten der Individuen in den Barbarismen ihrer Sprache attakkierte?

Wie sich die angedeutete Selbsteinschätzung im Spannungsfeld zweier so widersprüchlicher Namensbezüge vielleicht

1 »Vom Ärgernis des Erzählens«, Nachwort zu seiner Anthologie *Österreichische Erzählungen des 20. Jahrhunderts*, Salzburg/Wien 1984, S. 430. – Bezug auf den Umschlagtext des Residenz Verlags zur Brandstetter-Sammlung *Von den Halbschuhen der Flachländer und der Majestät der Alpen*, 1980.

verstehen läßt, und daß mit der »Mischung« zwischen solchen Extremen nicht etwa ein beruhigter Mittelweg gemeint ist (ein bißchen Gamsbart also und darunter auch ein bißchen intellektuelle Widerborstigkeit), darauf deuten zwei beiläufige Erwähnungen dieser beiden als Progonen anerkannten Autoren in sprach- bzw. literaturwissenschaftlichen Studien Brandstetters hin. Sie lassen erkennen, daß mehr und Beziehungsreicheres gemeint ist als einerseits die erzählend reaktivierte emotionale Bindung des oberösterreichischen Müllersohns an die verlorene Süßigkeit und Härte seiner ländlichen Herkunft und andererseits die skeptische Beobachtungs- und Sprachsensibilität des heutigen in doppelter Profession für Literatur und Sprache Zuständigen – als Produzent wie als Germanistikprofessor.

In einem Aufsatz über Konsequenzen einer entfremdenden Naturerfahrung in der österreichischen Gegenwartsliteratur, bei Franz Innerhofer, weist Brandstetter 1986 auf einen wesensverwandten, von der neueren Forschung hervorgehobenen und dem gängigen Klischeebild widerstreitenden Zug im Werk Peter Roseggers hin, der bloß »vom Lieblichen, Bukolischen und Idyllischen stark überdeckt und im Bewußtsein seiner Lesergemeinde überlagert ist«. Ein Aufmerken auf jene unterschwellige Intention seines Erzählens mache offenbar, daß der als Provinzliterat teils bewunderte, teils gescholtene Rosegger »ein am Sozialen interessierter, ja sozialpolitisch engagierter Schriftsteller« gewesen ist – und in diesem Wesenszug ein Vorfahr der heutigen kritisch-heimatbezogenen Literatur.[2]

Und ein früher Aufsatz des 26jährigen Brandstetter, veröffentlicht 1965 (also noch vor Beginn seiner poetischen Arbeiten) unter dem programmatischen Titel *Entlarvende Sprache?*, postuliert angesichts der »Sprachunsitten« selbst »ausgesprochen gesitteter Menschen«, es sei heute wieder zunehmend

2 »Keine Lust an der Natur. [. . .]«, in: *Der Deutschunterricht* 38 (1986) H. 1, S. 9.

angebracht, wie Karl Kraus, die Sprache gleichsam selbst zur Sitte zu machen und eine grundsätzliche Besinnung auf die Sprache statthaben zu lassen. Dies freilich ist eine Tat, ein Abenteuer auch, dem sich jeder Sprachgebraucher stellen müßte. Nur von denen, die der Kalligraphie fähig waren, konnte man zur Zeit Karls des Großen behaupten, sie könnten schreiben ...[3]

Die Berufung auf den großen Karl Kraus hat da eine ebenso literarisch wie ethisch orientierende Funktion: »sprachkritische Wachsamkeit ist darum keine Sentimentalität, sondern eine mehr als legitime Forderung geistiger Diätetik«, auch »dergestalt, daß die innere Form und die ursprüngliche Aussage im übrigen muttersprachlichen Raum sinnentleerter und formalisierter Wörter bedacht und aktiv gemacht wird.«[4]

Die so verstandene und eingestandene Geistesverwandtschaft weist auf zwei wesentliche Merkmale von Brandstetters Dichtung hin: Einerseits bewirkt die »grundsätzliche Besinnung auf die Sprache« eine hochartifizielle Stilisierung und beständige Reflexion des verfügbaren Materials an Wörtern und Wendungen, in den Anfängen sicher mitbeeinflußt durch das Bedeutungsspiel der »Wiener Gruppe«. Komisches oder auch entlarvendes Beimwortnehmen der Wörter, ihre etymologische Vertiefung, das Auffächern ihres Doppel- und Mehrfachsinns prägen die Feinstruktur seiner Texte ebenso dominierend wie die bis zur Manier getriebene Gemination scheinbarer Synonyme, die Engführung von ursprünglichen und metaphorisch-abgeleiteten Bedeutungen, von mundartlichen und hochsprachlichen Elementen und das Aufweisen von Ungereimtheiten und Herrschaftsstrukturen in gemeinhin unbedacht verwendeten Formeln. Ein so verantwortungsgerechtes Ausfeilen der Sprache steht also (unbeschadet des sinnlichen Ertrags an ästhetischen Reizen und Verknüp-

3 In: *Wort und Wahrheit* 20 (1965) S. 131. Vgl. die Reflexion der Anspielung auf die Ars scribendi zur Zeit Karls des Großen »Weihnachten 800« in: *Vom Schnee der vergangenen Jahre* (1979), 2. Aufl. 1985, S. 89.

4 *Wort und Wahrheit* 20 (1965) S. 125–127.

fungen) im Dienst einer ›geistigen Diätetik‹, einer ethisch begründeten angewandten Gesundheitslehre.
Andererseits aber dienen auch die vielfältig der eigenen Sozialisationssphäre und Erfahrung verpflichteten Gegenstände des Erzählengagements einer sozialen Bewußtseinskontrolle, einer Leidenschaft des Unterscheidens zwischen Ephemerem, Vorurteilsbeladenem und zeitgerecht Wertbeständigem (ebenfalls unbeschadet des ästhetischen Zugewinns an sinnlicher Plastizität und Heim-Tücke, den derart präzise Rechenschaften über vollkommen Vertrautes gewähren).
Programmatisch hat Brandstetter die erstrebte Verbindung zwischen sozialpolitischer Bezüglichkeit bzw. satirischer Anzüglichkeit und sprachreflexiver Aufdeckungs- oder Reaktivierungsleistung, zugleich auch den Zusammenhang von Ästhetischem und Ethischem als spezifischen Auftrag der Literatur so formuliert:

> Wortführer der artikulierten Klage und Anklage sind vor allem Schriftsteller, die ja geradezu als jene definiert werden, die unzufrieden sind und denen etwas fehlt, die mit der Kraft der Phantasie gegen das übel Seiende und noch übler zu werden Versprechende anschrei(b)en. Dabei kann aber nicht nur die Klage an sich ihre Aufgabe sein, sondern auch die Verhinderung und Vermeidung des Klischees. Es muß verhindert und vermieden werden, daß dasjenige, was alle sagen, nichts mehr besagt.[5]

Über die Grenzen der realpolitischen Einwirkung der Autoren ist er sich dabei voll bewußt:

> Es ist traurig, Freunde, aber wir können niemanden erpressen. Schriftsteller in Österreich, das ist gerade so wie Strohhuterzeuger in Lappland. [...] Am besten scheint mir noch, eine satte und stumpfe Gesellschaft beim schlechten Gewissen zu packen (wenn man es findet). Wer sich ein Alibi leistet, soll dafür auch bezahlen müssen.[6]

5 »Ins Paradies vertrieben«, in: H. Seuter (Hrsg.), *Der Traum vom Paradies*, Wien/Freiburg/Basel 1983, S. 132 f.
6 »Die Kunst des Möglichen und die unmögliche Kunst«, in: H. Seuter (Hrsg.), *Die Feder ein Schwert?*, Graz 1981, S. 11.

Mit der Entscheidung für das künstlerische Medium, dem nach der alten Funktionstrias des »prodesse, movere, delectare«[7], neben der Zielrichtung auf Nutzen und Verbesserung, neben der Gemütserregung und dem Ärgernisgeben immer auch das erfreuliche Vergnügen am ästhetischen Genuß aufgegeben ist, wird unwehleidig auch die Konsequenz eines nur begrenzten aktuellpolitischen Einflusses in Kauf genommen.
Brandstetters Konzeption des Erzählens umreißt dieses Dilemma, auch die Autonomie und damit gesellschaftliche Randposition des Künstlers gegenüber dem Aktivisten.

> »Erzählen« ist ein bedächtiges, oft geradezu geruhsames, immer verläßliches und kultiviertes Geschäft, eine menschenfreundliche Angelegenheit, Erzählen ist im besten Sinn des Wortes auch immer ein wenig »bürgerlich«, das Herkommen und die Traditionen achtend. Das Erzählen braucht seine Zeit und verlangt vom Zuhörer Geduld. [...] Trotzdem. Erzählen und Geschichtenschreiben hat immer schon eine Art Trotz bedeutet, ein Ignorieren der Zeit und ihrer dauernden Krisen [...]. Aber die Sorge der Dichter war schon oft nicht ganz die Sorge der Zeit, oft waren sie prophetisch, manchmal auch dadurch, daß sie wie der Igel im Märchen vom Igel und vom Hasen sitzen geblieben sind und sich geduckt haben. Die größte Sorge der Künstler ist die Kunst.[8]

> Auch Kunst muß verantwortet werden, nicht vor der Zensur, sondern in freiwilliger Selbstkontrolle. [...] Sprachskepsis, aber auch Selbstzweifel, sind in jedem Fall angebracht.[9]

Die angedeuteten Kardinaleigentümlichkeiten Brandstetters, das fulminant praktizierte Abenteuer, Sprache ›zur Sitte zu machen‹, die Detail- wie die Umwegfreudigkeit, das »mit der Kraft der Phantasie« beständige Messen des übel Seienden am besser Seinsollenden und die aus dem festgestellten Defizit resultierende Lieblingsrolle des Beschwerdeführers, des unbefangen von Moden und Tagesaufgeregtheiten Eingeigel-

7 Vgl. »Dankesrede«, in: *Jahrbuch der Raabe-Gesellschaft 1985*, S. 46.
8 »Vom Ärgernis des Erzählens« (s. Anm. 1), S. 425 f.
9 »Was soll Literatur?«, in: *25 Jahre Residenz Verlag. Almanach für Literatur und Kunst 1981*, S. 43.

ten, stellen ihn in die große Tradition der humoristischen Dichtkunst. Sein Werk ist, soweit ich sehe, in der deutschsprachigen Nachkriegsliteratur (neben dem trotz aller Unterschiede der Formen, Sujets und Aussagen sinnesverwandten Œuvre Arno Schmidts) die ausgeprägteste und insoweit gewichtigste humoristische Instanz überhaupt. Zwar zieht der Humor dem Offensiven und Aggressiven seines Erzählens den tödlich versehrenden Giftzahn,[10] nirgends aber wird das ätzende Serum so verdünnt, daß es gelänge, sich im Nurkomischen wohlzufühlen oder gar behaglich einzurichten.

Wie alle wirklichen Humoristen ist Brandstetter Moralist, wie alle ist er auch Humanist in der mehrfachen Bedeutung von verpflichtender Menschlichkeit, künstlerischem Traditionsbewußtsein (mit besonderer Fixierung auf literarische Bildungswerte, Klassizität und Antike, hier, beim professionellen Mediävisten, zusätzlich aufs Mittelalter) und Neigung zur didaktischen Lektion.

Mit seinen Erzählern ist dabei Vorsicht geboten – auch dies verbindet ihn mit früheren Humoristen, mit Jean Paul und Wilhelm Raabe etwa, ganz entschieden auch mit Arno Schmidt. Daß diese Ich-Instanzen Rollenreden halten und sich dabei gelegentlich in die (bei genauerem Hinsehen kunstreich unterminierten) querköpfigen Positionen eines Don Quixote, Bramarbas oder Advocatus Diaboli hineinmanövrieren, wird oft dadurch verdeckt und folglich verkannt, daß ihnen an vielen Stellen Erlebnisse, Erfahrungen, Einsichten und wohl auch Ansichten des Autors zugeschoben werden, sofern nicht gar bei Erzählungen auf autobiographischer Grundlage die Distanz vollkommen eingeebnet scheint. Dabei werden dann leicht die rollengerechte Überspitzung und Ausgestaltung, auch das proteushafte Wechselspiel der ihnen zugeordneten Tonlagen (von künstlich-naiver Stilisierung über aufgeblasene Schwadronaden bis zu höchster Reflexivität oder Ironisierung) übersehen. Distant mores a

10 »Keine Lust an der Natur« (s. Anm. 2), S. 5.

carmine nostro.[11] Grundsätzlich gilt das ebenso für offenkundige Rollenprosa wie für die Dichtung im autobiographischen Milieu: »Fiktional ist letztlich beides, wie ja auch die Behauptung der Authentizität ein Kunstgriff sein kann.«[12] Typisch für den Humoristen Brandstetter ist es schließlich, daß ihm der Prozeß und die Machart des Schreibens, ein Vorandrängen und Verklammern durch ein dichtes System der Assoziationen, Verweisungen und Verspiegelungen, während doch scheinbar vom Hölzchen zum Stöckchen und von einem Haar in der Suppe zum nächsten weitererzählt wird, wichtiger ist als eine eigentliche Handlung.

> Ein wenig Umwegfreundlichkeit ist jedem Erzähler zugestanden. Nicht das Ziel, sondern der Weg macht es aus. Konsequenz und Inkonsequenz mit Maß und Ziel![13]

So läßt er auch seine Erzähler gelegentlich dichtungstheoretisch bedeutsam über Handlungsarmut räsonieren und sich von ihnen selbst in die Kategorie der »handlungsunfähigen Dichter« verweisen.[14]

> Meine Romane sind surrealistisch und verdienen im strengsten Sinne die Gattungsbezeichnung Roman nicht. Sie sind vielmehr lange Monologe, testamentarische Berichte.[15]

Dieses pikarische Prinzip und der konsequente Verzicht auf Handlungsspannung konstituieren sogar jene Romane (wie *Die Abtei* und *Altenehrung*), in denen ein Kriminalvergehen den Stoffvorwurf bildet, deren Aufbau einem analytischen

11 Wie und mit welchem Ergebnis sich der Gestalter kulturkritischer Räsoneure im nichtfiktionalen Urteil mit rückwärtsgewandten Beschwerdeführern auseinandersetzt, zeigt Brandstetters Aufsatz »Betrifft: Verfall der deutschen Sprache«, in: *LiLi* 16 (1986) S. 108–124.

12 »Vom Ärgernis des Erzählens« (s. Anm. 1), S. 428.

13 »Erzählen«, in: R. Walter (Hrsg.), *Das Glück liegt auf der Hand*, Freiburg/Basel/Wien 1984, S. 67. Vgl. zu einer solchen Erzählweise auch »Vom Ärgernis des Erzählens« (s. Anm. 1), S. 432, und »Themensuche oder Die Orientierung an der Desorientierung«, in: *20 Jahre Residenz Verlag. Literaturalmanach auf das Jahr 1976*, S. 23.

14 Vgl. z. B. *Die Abtei*, 1977, S. 99, 106, 116, 128 f., 258.

15 Gesprächsnotiz Brandstetters bei: A. Aichbichler, »Hiebe auf den ersten Blick«, in: *Krone-Magazin*, H. 46, 17. November 1984, S. 36.

Drama nachgeformt erscheint,[16] die aber das Verhandelte fast wie selbstverständlich nicht zu einem abschließenden Ergebnis bringen und die Erzählspannung gleichwohl keinen Moment absinken lassen. Freilich stellt eine solche Darstellungsweise eine erhebliche Anforderung an die Aufmerksamkeit des Lesers – zu einer unterhaltsamen Transposition ins audiovisuelle Medium etwa sind Brandstetters Erzählwerke gänzlich ungeeignet.

Die vorliegende Auswahl läßt die Romane Brandstetters außer Betracht, verzichtet überhaupt auf Textauszüge oder -kürzungen, weil darin die Technik der Installierung und Relativierung der Erzählerinstanzen ebenso wenig erkennbar würde wie der strukturelle Wechselbezug von Ökonomie und Breite, Wegen, Umwegen und Abwegen.[17] Die einzige Ausnahme stellt das von vornherein nur separat erschienene Erzählstück *Was Thomas Bernhard nicht lesen durfte* dar, ein Paralipomenon zum ersten Roman *Zu Lasten der Briefträger*. Diese gallige ›Schwadronade‹, auf die das Sekundärschrifttum über Brandstetter gelegentlich Bezug nimmt, war ihrer abgelegenen Publikation wegen bisher nur schwer erreichbar und kann hier die beziehungsreichen Anspielungen – im abschließenden Essay *Theater im Bauernhof* – auf den Brandstetter benachbarten Literaturkollegen und Vierkanthofbesitzer im oberösterreichischen Ohlsdorf präludieren.
Eigentlich literaturkritische Arbeiten des Autors blieben bei der engumgrenzten Auslese ebenso ausgespart wie selbstverständlich seine sprach- und literaturwissenschaftlichen Studien. Weil jedoch von ihnen aus vielfältig Licht auch aufs poetische Werk fällt und der Liebhaber der Brandstetterschen Sprachkunst und ihres Hintersinns auch dort mannigfach auf

16 Vgl. die Hinweise darauf: *Altenehrung*, 1983, S. 50 f., 137.
17 Deshalb auch, nicht allein der größeren Länge der enthaltenen Einzeltexte (oder auch Kapitel) wegen, habe ich mich entschlossen, auf die Darbietung einer Probe aus dem sehr viel stärker als die anderen Sammlungen leitmotivisch durchkomponierten und zu narrativer Einheit verschmolzenen Erzählband *Über den grünen Klee der Kindheit* zu verzichten.

seine Kosten kommt, sind auch diese außerpoetischen Opera im angefügten Werkverzeichnis ausgewiesen.

Schöne Geschichten sind mir das und starke Stücke, die ich als Leseproben aus den diversen Brandstetterschen Erzählsammlungen, aber auch aus weniger gut greifbaren Einzelveröffentlichungen zusammengetragen habe (der Göttinger Reiseessay ist sogar zur Erstpublikation in diesem Band aufgespart worden).

Ihre Anordnung folgt ziemlich genau der Chronologie ihres Entstehens, wobei sich gleichwohl, den Entwicklungen in den Ausdrucksmitteln und Motivpräferenzen dieses Autors folgend, ein organischer Wechsel der Sprechhaltungen und auch ein gewisser zyklischer Zusammenhalt ergibt.

Am Anfang stehen die sprachexperimentellen Tableaus seiner Saarbrücker Jahre (in ihrer letztautorisierten Textform versammelt in dem Band *Von den Halbschuhen der Flachländer und der Majestät der Alpen*), eine satirisch-pointierte »Kurzprosa«,[18] die Selbsterfahrungen und Umweltbeobachtungen aufs äußerste komprimiert und so unterschiedliche Positionen und Methoden des Schreibens einem Härtetest unterzieht.

Es folgen die nicht minder sarkastischen Kurzerzählungen einer zeitgeschichtlichen Bewußtseinskritik aus dem oberösterreichischen Milieu, Abrechnungen mit den gefährlichen Irrationalismen und mit faschistoiden Grundierungen landläufigen (nicht etwa bloß landestypischen) Denkens.

In der nächsten Gruppe, bramarbasierenden ›Schwadronaden‹, läßt sich bei aller hochgesteigerten Attackierlust eine tendenzielle Loslösung vom Bitter-Makabren hin zur sanfteren Ironie und zu humoristischen Schwellformen des Erzählens bemerken.

Die vierte Gruppe, mittellange Texte mit explizit autobiogra-

18 Vgl. Brandstetters gattungssystematische Bestimmungen dieser Textsorte im von ihm herausgegebenen Band *Gegenwartsliteratur als Bildungswert*, Wien 1982, S. 96–103, und in der *Festschrift für Alexander Issatschenko*, Klagenfurt 1976, S. 89–102.

phischen Sujets, wendet sich stärker einem umweg- und assoziationsfreudigen Erzählduktus zu, sozialkritische Perspektibilität und Selbstironie mit humoristischer Abstandnahme verbindend.
Den Abschluß bilden – beginnend mit der Kant-Parodie – jüngere, reflexionsbetonte und dem Essay sich zuneigende Stücke, die gleichwohl detailgesättigt und dem Erzählen verpflichtet bleiben.

Der Titel der Sammlung zitiert ein Feuerwehrler-Zitat aus dem letzten dieser erzählerischen Essays. Mit »Landessäure« wird bei den Ländlern der ätzende Geschmack und die konservierende Tugend des »Mosts« umschrieben, eines scharfvergorenen »guten Mischlings«, demgegenüber das schriftdeutsche Synonym »Apfelwein« als Wort wie als Getränk gleich schal und versüßlicht schmeckt (vgl. auch die Stücke *Essig* oder *Germ und Kren*).
Nicht nur dem Lande (der Provinz) wird in diesen Geschichten Saures gegeben, die anätzenden, aber auch die konservierenden Eigenschaften und ein scharfer Wohlgeschmack werden für das ganze Land (deutscher Zunge) ausgeschenkt. Zu hoffen ist, daß ein Verkosten dieser Proben auf den Geschmack bringe zu fernerem Genusse.

*Hans-Jürgen Schrader*

Inhalt

# Österreichische Autoren des 20. Jahrhunderts

IN RECLAMS UNIVERSAL-BIBLIOTHEK

---

Ilse Aichinger: *Dialoge. Erzählungen. Gedichte.* Ausgew. und hrsg. von Heinz F. Schafroth. 7939

Peter Altenberg: *Sonnenuntergang im Prater.* 55 Prosastücke. Ausw. und Nachw. von Hans Dieter Schäfer. 8560

H. C. Artmann: *»wer dichten kann ist dichtersmann«.* Hrsg. von Christina Weiss und Karl Riha. 8264

Ingeborg Bachmann: *Undine geht. Das Gebell. Ein Wildermuth.* Drei Erzn. 8008

Hermann Bahr: *Das Konzert.* Lustspiel. 8646 [2]

Richard Beer-Hofmann: *Der Tod Georgs.* Nachw. von Hartmut Scheible. 9989 [2]

Thomas Bernhard: *An der Baumgrenze.* Erzn. 8334 – *Der Wetterfleck.* Erzn. (Jauregg. Der Zimmerer). Nachw. von Otto F. Best. 9818

Alois Brandstetter: *Landessäure.* Starke Stücke und schöne Geschichten. Hrsg. von Hans-Jürgen Schrader. 8335

Hermann Broch: *Leutnant Jaretzki. Hanna Wendling.* Nachw. von Paul Michael Lützeler. 9828

Elias Canetti: *Komödie der Eitelkeit.* Drama in 3 Teilen. Nachw. von Wolfgang Kraus. 7678 [2]

Heimito v. Doderer: *Das letzte Abenteuer.* Ritter-Roman. Autobiogr. Nachw. Hrsg. von Wendelin Schmidt-Dengler. 7806 [2]

Barbara Frischmuth: *Unzeit.* Erzn. Ausw. u. Nachw. von Christa Melchinger. 8295

Friedrich v. Gagern: *Der Marterpfahl.* Novelle. Nachw. von Robert Hohlbaum. 6533

Peter Handke: *Der Rand der Wörter.* Erzn., Gedichte, Stücke. Ausw. und Nachw. von Heinz F. Schafroth. 9774

Fritz Hochwälder: *Das heilige Experiment.* Schauspiel. Nachw. von Otto Rommel. 8100 – *Der öffentliche Ankläger.* Schauspiel. Nachw. von Jean R. v. Salis. 9775

Hugo v. Hofmannsthal: *Wege und Begegnungen* (Das Erlebnis des Marschalls von Bassompierre. Erinnerung schöner Tage. Die Wege und die Begegnungen. Augenblicke in Griechenland). Nachw. von Walther Brecht. 7171

Ernst Jandl: *Laut und Luise.* Nachw. von Helmut Heißenbüttel. 9823 [2] – *Sprechblasen.* Nachw. des Autors: »Autobiographische Ansätze«. 9940

Karl Kraus: *Heine und die Folgen.* Schriften zur Literatur. Ausgew. u. erl. von Christian Wagenknecht. 8309 [5]

Alexander Lernet-Holenia: *Der Baron Bagge.* Novelle. Nachw. von Lambert Binder. 8016

Friederike Mayröcker: *Das Anheben der Arme bei Feuersglut.* Gedichte und Prosa. Ausw. u. Nachw. von Heinz F. Schafroth. 8236

Franz Molnar: *Liliom.* Vorstadtlegende in 7 Bildern und einem szenischen Prolog. Bearb. von Alfred Polgar. Nachw. von Otto F. Beer. 9937 [2]

Robert Musil: *Die Amsel. Bilder.* Nachw. von Heinz-Peter Pütz. 8526

Peter Rosei: *Franz und ich.* Erzn. u. Essays. Ausw. u. Nachw. von Adolf Fink. 8099

Joseph Roth: *Die Büste des Kaisers. Kleine Prosa.* Nachw. von Fritz Hackert. 8597

Arthur Schnitzler: *Anatol. Anatols Größenwahn. Der grüne Kakadu.* Nachw. von Gerhart Baumann. 8399 [2] – *Die Braut. Traumnovelle.* Nachw. von Hartmut Scheible. 9811 [2] – *Der einsame Weg.* Schauspiel. Mit einem Nachw. 8664 – *Die letzten Masken. Literatur. Stunden des Erkennens.* Nachw. von Hartmut Scheible. 7959

Karl Schönherr: *Erde.* Komödie. Nachw. von Vinzenz Chiavacci. 8758

Georg Trakl: *Werke – Entwürfe – Briefe.* Hrsg. von Hans-Georg Kemper und Frank Rainer Max. 8251 [4]

Stefan Zweig: *Angst.* Novelle. Nachw. von Richard Friedenthal. 6540 – *Der verwandelte Komödiant.* Spiel aus dem deutschen Rokoko. 6374

---

Philipp Reclam jun. Stuttgart